酒窖裡的貓勇士 / The Cellar's Warrior Cat

酒窖裡的貓勇士 / The Cellar's Warrior Cat

C.W.尼可 著 | 森山徹 攝影 | 呂婉

酒窖裡的「貓」勇士

咱們這些貓住在酒窖裡，因獵捕老鼠而戰死，是種本分。咱們協助製作那被叫做威士忌、香氣會留存在鼻腔裡的飲料，並非白白葬送一生。那香氣真的是相當濃烈啊！

「有害動物驅逐員」努斯

The cellar's Warrior Cat

正直的人類與貓咪要是好好合作，就能做出很棒的事情來

守護蘇格蘭酒窖的貓咪

推薦序一

貓與其他人類的動物朋友很不一樣，牠們靜默敏捷，以及優雅中帶點睥睨的自傲，讓我們很好奇那雙似乎不帶感情的眼神中，到底在想些什麼？同樣的，威士忌酒也與其他太過歡樂的酒不同，優雅中帶點神祕。因此，「酒窖裡的貓勇士」將帶著我們去探索不一樣的貓與威士忌。

作家、環保志工　李偉文

推薦序 二

人和動物相處常會出現惺惺相惜的情感，彼此形同家人或夥伴一般；尤其是貓——雖然牠保有許多野性，但卻非常惹人愛憐。作者用貓的角度來敘述酒窖發生的種種，就更顯生動有趣，很值得尊重生命、愛護動物的人一讀。

《大自然雜誌》總編輯　蔡惠卿

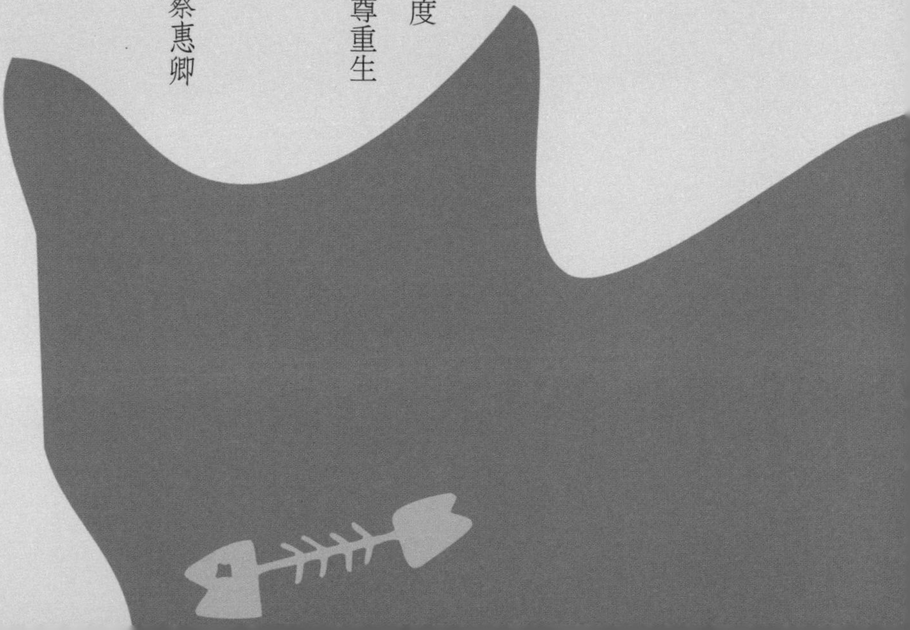

獻辭

謹以此書，追憶高原騎士酒窖（Highland Park）的亞瑟·凱特（Arthur Cat）。並且致獻同一威士忌酒窖的「凱特」（Cat）；波摩爾酒窖（Bowmore）的「凱特」（Cat）、巴布萊酒窖（Balblair）的「凱特」（Cat）和「威士忌」（Whiskey）；格蘭蒙朗吉酒窖（Glen Morngie，譯註：Glen在蘇格蘭原住民語中，是「山谷」的意思，當地大部分的酒廠為了取得優質的水源和陰涼的儲藏地，都建在山谷之中，並以之為名）的「思迪爾·倫·凱特——蒸餾室貓咪」（Stillroom Cat）、「生薑」（Ginger）和「薩多·布雷克·旺」（Zat Black One，黑助）；特姆度酒窖（Tamdhu）的

「波西」（Pussy）；艾德多爾酒窖（Edradour）的「威士忌」（Whiskey）；布萊阿托爾酒窖（Blair Athol）的「達奇」（Daky）；格蘭葛尼酒窖（Glengoyne）的「威士忌」（Whiskey）；格蘭菲迪（Glenfiddich）的「布魯伊」（Bluey）、「葛蘿莉亞」（Gloria），和「玩笑」（Joke）；格蘭迪弗隆（Glen Deveron）的「鬆餅」（Maffin）；格蘭特雷酒窖（Glenturret）的「塔薩」（Towerza）；巴貝尼酒窖（Balvenie）的「傾聽」（Hearing）；艾德貝格酒窖（Ardbeg）的「櫻桃」（Cherry）。以及要獻給——不管有多忙、多害羞，還是會回應我們採訪的，其他各大酒窖的貓咪們。

獻給中文版讀者的一席話——C. W. 尼可

將時間拉回到大約七〇年代末期到八〇年代初期，當時我返回日本，專心地處理一本歷史小說。每當編輯們偶爾找我去東京稍微昂貴的酒吧喝酒時，我必定點上一杯威士忌。

我最喜歡喝威士忌了，特別是蘇格蘭純麥威士忌。當時正好碰上了日本泡沫經濟的初期，有些人因此肆無忌憚地揮霍著自己的金錢。相較於其他的酒類，純麥威士忌的價錢比較貴，偏偏又有許多日本人，會假裝自己是這方面的行家。事實上，他們對威士忌根本一無所知。

「麥」這個字在日語片假名的唸法為「ma-ru-to」，其實，這個發音已經完全喪失了英文原本的型和義，就連它在中文和日文這兩種語言中的本質特性，都已不復存在。麥芽是由大麥浸泡在水裡發芽而成的。當這個過程發生時，穀物裡的澱粉會轉變成糖，稱為「麥芽糖」。如果穀物在這時長出幼苗，那麼糖將完全被耗盡。因此，人們會用熱氣來控制整個發芽的過程。

製作蘇格蘭威士忌的傳統作法，是將發芽的，或是帶有麥芽的大麥，鋪在木頭地板上，再燃燒地板底下的泥煤，燃燒泥煤的煙會散發出嗆人的味道。這些帶有麥芽的大麥經過碾碎後，大麥中的糖會被分解出來，溶解到熱水裡。經過酵母發酵、蒸餾之後，長時間儲存至橡木桶中，如此便製成了威士忌。

8

有許多和威士忌混合的酒類，會使用大麥以外的穀物製成。如此一來，它們就不能被稱為「麥芽」威士忌。因為麥芽威士忌只能由大麥製成。有些麥芽威士忌混合了多種的麥芽威士忌，且由不同的蒸餾方式所製成，它們都可以統稱為麥芽威士忌。還有一些瓶裝的麥芽威士忌，只由單一獨特的蒸餾酒廠製成，只有這一種才可稱為「純麥」威士忌。

當我品嚐著單價較高的蘇格蘭純麥威士忌時，我聽到日本的生意人，裝模作樣地大肆談論著連自己也不太熟悉的威士忌。於是，我就向我的編輯建議，何不前往蘇格蘭一個月或數個月，拜訪所有的蒸餾酒廠，撰寫一連串有關威士忌的文章。嘿！這份工作看起來似乎不錯喔！

出乎我意料之外的是，出版社竟然答應了這個建議。我連同攝影師森山徹一起前往蘇格蘭。在出發之前，我寫了上百封信到各個蒸餾酒廠，詢問他們是否願意接受我的拜訪。

坦白說，我的確知道麥芽威士忌，但事實上，我也只不過是一個博物學家和歷史學家而已，算不上是正統描繪威士忌的作家。我認為最好的，同時被公認為最有名的作家是吉姆．穆瑞（Jim Murray）。

如果你曾經完整看完他寫的一本重量級的作品：《威士忌大全》（Complete Book of Whisky，由Carlton Books Ltd. 出版），你將會發現，書中描述威士忌的詞彙，既獨特又難以理解。例如：「當它處於最

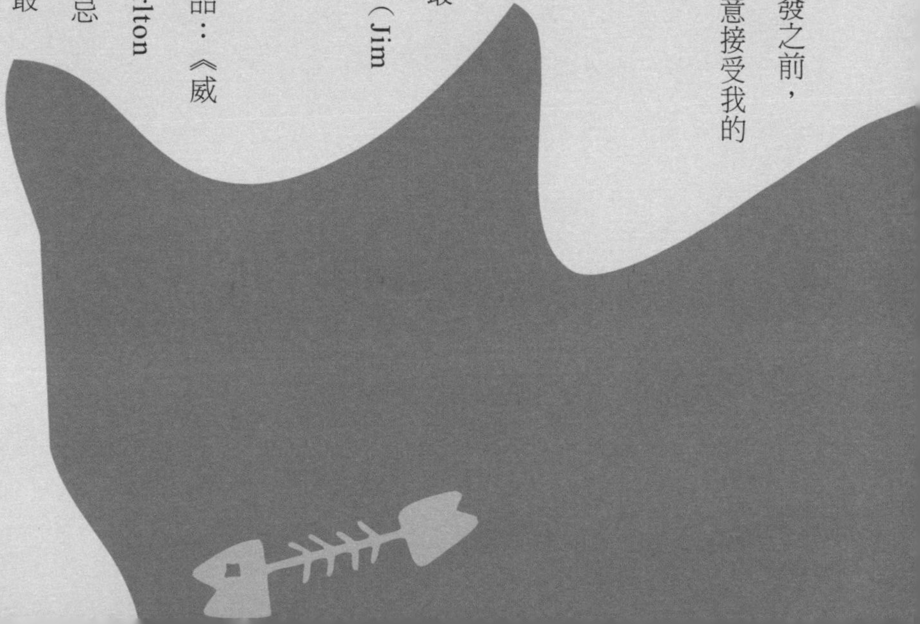

佳狀態時，它將充滿強烈土質的味道，有如樹根一般」；或是另一種關於威士忌的描述：「既強烈又帶著甜味，這是一棵極佳的巧克力橡樹，最後終於出現了生長在泥煤土質中的跡象」；哇啊！再來像是：「充滿著忍冬和橡樹的氣味，同時帶著細緻葡萄酒的口感」了解了吧？你知道我的意思嗎？還有：「清淡的水果口感蔓延開來。」這些詞語令我感到相當震驚！這裡還有一段關於威士忌的描述：「從苦味的檸檬果醬，延續至強烈的大麥味、重巧克力味、溫和的大麥味、似泥煤的土味，用爪哇咖啡做比喻，橡木薄片和紅糖的甜味轉換——這些口感，隨意變換，就像一隻輕舞的蝴蝶……。」只可惜我的翻譯功力沒那麼好，我看就不必再繼續翻譯下去了。

這些文字真的很棒，但是這樣的描述我做不到。我只會簡單的描述品嚐威士忌的口感，然後告

訴讀者我喜歡哪一種。不過，在我花了幾個星期，每天拜訪二至三家蒸餾酒廠之後，我漸漸熟悉了。畢竟，威士忌的製造過程，基本上是相同的，而且設備也是相同的。

在我們拜訪蒸餾酒廠的行程當中，愛貓的攝影師常常會從說明會中消失，開始追逐起貓來。你可以看到每間酒廠中都有貓，其實原因不難了解。酒廠在製作麥芽時，難免會吸引一些小動物，像是老鼠、麻雀和白頭翁等。傳統的酒廠通常都蓋在老舊的建築裡，這些小動物很容易就會跑進來。你沒辦法使用藥物或是補獸器，因為這樣不僅殺死了小動物，還會影響到大麥的製程。因此，貓的出現成了合理的解釋。而貓是愛乾淨的動物，吃完了還會懂得清理現場。

正當攝影師忙著捕捉貓的身影時，我也開始蒐集酒廠中有關貓的故事。起初，酒廠工人還很納悶，我為什麼會問那些「貓」的問題，沒多久，他們也都漸漸理解了。這些酒廠工人養的貓，並不是女人或是小孩養著玩兒的，牠們都是「工作貓」，雖然被當成寵物圈養著，卻很受尊敬。牠們所做的事，令人們感激，我的故事也來自於牠們。

我一直相信，在完美的故事架構和有條理的敘事手法背後，最重要的是故事本身是否精彩。當然啦，我希望這會是個好看的故事，沒錯吧？故事就此誕生。

在我回到日本為雜誌撰寫專欄之後，我開始將真實的酒廠貓故事，編進這部小說裡。這部小說在日本受到許多好評，不論是愛喝威士忌的酒痴，還是愛貓人士都喜歡它，甚至還發展到日本與英國的電影結合，也邀請到史恩·康納萊爵士的加入。就我而言，在這個電影計劃當中，我還是喜歡原來的英語版本。因為，日本的編劇和製片修改了原來的故事原型，也就是強加上本來故事中所沒有的女孩角色

（在日本島國羅莉塔情結的驅使下，日本的編劇堅持加入一個可愛的日本女孩在故事裡）。其結果不僅會讓觀眾的觀賞焦點模糊，也扼殺了原先的主題。但是，他們又想處理好原先情節中的蘇格蘭人、貓和女性等等複雜的角色關係與情節。在我看來，整個故事最後只會剩下女性的性感特質而已，終究導致這個拍攝計劃停擺。

我決定原封不動的留給中文版的讀者們，一個原汁原味的故事。在這個故事裡沒有年輕的東方女孩，只有男人、貓、大麥、威士忌、冒險、王權和死亡旅程，還帶著少許的真實感隱藏在故事當中。當你閱讀它時，如果能想像 Celt 這頭老熊正坐在你的身邊，啜飲著上好的純麥威士忌，為你的生命乾杯時，我將會感到無上的光榮。

Contents

作者簡介

C. W. 尼克（C. W. Nicol）

一九四〇年生於英國南威爾斯。十七歲赴加拿大，探查北極地帶的野生生物。之後，以加拿大政府漁業調查局、環保局技術官的身分，進行鯨魚等海洋哺乳類動物的調查工作。一九六七年起的兩年間，接受衣索比亞政府的委託，擔任索馬利亞高原上新國家公園的建設技術顧問，以此身分活躍於國際環保界。一九八一年開始，定居在長野縣黑姬山山麓，開始展開寫作活動。二〇〇一年自資購入荒廢的森林，嘗試復育當地生態，並設立「ＡＦＡＮ」森林基金會。代表作品有《看得見風的男孩》、《小小的叛逆者》、《勇魚》、《盟約》……等。

Pass me the whisky that I may
taste it
Fill your glass that we may
raise it
Did we spread the barley for the rat
to waste it?

Then bless the cat who comes
to chase it!

遞給我威士忌吧，只因我深懂品嚐；
斟滿我手中酒杯，只因我將之高舉。
誰會撒一地大麥，任憑鼠輩去啃食；
勿寧真心地感激，驅離祂們的貓咪。

C. W. 尼克
(陸以愷 譯)

continue...

第一章
威士忌酒窖的貓咪基爾特

「威士忌酒窖的貓咪基爾特」（譯註：Guild，中世紀用語，行會、同業公會的總稱）是個歷史悠久的古老組織。實際上，打從酒窖還沒造好以前，貓咪們就組了同業公會，輪番擔任門房看守威士忌了。加入基爾特可不是件容易的事，好比村莊那一帶人家所飼養的貓，如果不是鴻運當頭、功勳彪炳，基爾特看不上，是沒辦法加入的。即使是在基爾特人力不足的狀況下，缺少良好人脈引薦，也還是不行。

至於那些喵嗚喵嗚叫、吵得要命的農家小貓怎樣來著？唔，那些貓的靈巧度是不錯，但是一提起禮貌……哎呀！不行、不行哪！

不過，養在船上的貓當中，截至目前為止倒是有一、兩隻及格的。很久以前，在船隻還是木造的、男人還是鐵打的年代，船上的貓少說也有上百隻，有時候，那種威風凜凜的公貓上了岸，還會被咱們之中的母貓給迷得七葷八素呢！

我的老師亞瑟·凱特（Arthur Cat）有句口頭禪：「好船隻和好酒桶，不管是哪一樣，一定都得用原木打造才行！這樣既不會沉入水底，威士忌也不會滲出來。」好像離題了，讓我伸一下懶腰，欸。講回貓，雖然我真正想講的是亞瑟·凱特的事蹟，但這個故事按順序，非得先從基爾特的事說起不可。所謂「基爾特」是我直接從貓的語言翻譯過來的。在我們的話裡，「基爾特」與其說是個英文單字，不如說是喉音更重的發音，一開始音調上揚，然後隨著喉嚨發出的咕嚕咕嚕聲，音調慢慢地降下來，唸起來跟「基兒爾特」（Guil··d）差不多接近。原音雖然也算得上是個柔軟、美妙的喉音，但卻也是帶著「少了點什麼似的」淒涼況味的一個字。

一旦成為酒窖裡的貓，就不能缺乏與酒窖工作人員們好好相處的才智。酒窖的工作人員都是大個兒，而且跟咱們一樣，不是優秀的同仁是進不來的。酒窖的常客

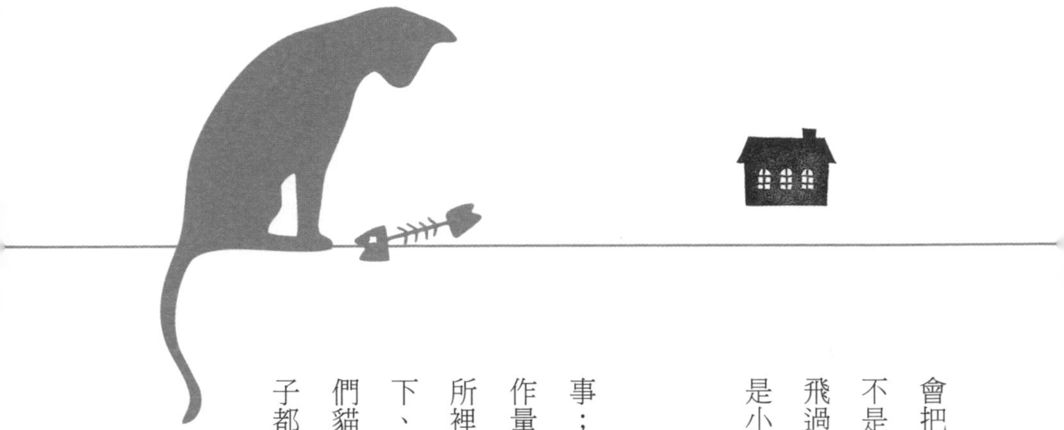

會把咱們視為工作夥伴，當然囉，主人不會是咱們貓兒——不是工作人員，就是常客們莫屬。而那些有翅膀、輕飄飄地飛過來飛過去，還會「啾—啾—」滑行的麻雀和白頭翁，也是小小的寄宿者。

說不定你會認為和酒窖的漢子們混熟，是件簡單的事；但你如果那麼想，那就打錯算盤了！因為大伙兒的工作量都很重——即便只是一堆無聊的工作。在他們的工作場所裡面，不是這個推過去、那個滾過來，就是這邊得看守一下、那邊需要擦一擦的……二十四小時不停的勞動，就連咱們貓兒，也是連好好喘口氣的時間都沒有。雖說大部分的漢子都是不錯的人，不過，偶爾也會出現幾個囉唆型的——這種傢伙十之八九都喜歡狗——常常會對咱們大呼小叫，不然就是拿東西丟咱們，或者動不動就想要一腳踹過來。

亞瑟．凱特向來不是個熱心助人的傢伙，她曾說，與其幫過了頭，不如適當地伸出援手就好。那個女人雙目緊閉、背上寒毛直豎，一再地說著：「想想看，那是什麼鬼日子啊！成天被關在家裡，何止是討厭的老太婆，連那群臭小鬼也把你當成敵人一樣的吼……。」那個女人，只要一想到這些，背脊就會聳起來，那漂亮的、如針一般尖銳的鉤形指甲，就會從爪子裡伸出來，像是在說著「嗯……」點頭稱是的樣子。

因為這個緣故，所以咱們這些酒窖的貓兒，不會像一般的寵物貓一樣被抱在懷裡，也不會得到什麼玩具之類的

攝影檔案
使用器材
相機　美能達　X-700
鏡頭　NEW MD zoom 70 ~ 210 m/m F 4.5
NEW MD 28 m/m F 2.8
NEW MD zoom 100 ~ 500 m/m F 8
NEW MD RF 250 m/m F 5.6

愛丁堡：結束一日工作，踏上歸途的鄉間居民。

在霍伊（Hoy）島見到的兩個工人，其背影動作看起來都很一致。

東西。只有在極為罕有的時刻，能像球一樣縮在人類溫暖的膝頭上。然而，即使如此，這真的只有一下下的時光，算得寬裕一點，也只不過是喝下午茶的十五分鐘左右而已啊！

太寵的話，貓會變成膽小鬼的。咱們這種酒窖裡的貓兒，如果變成膽小鬼，是沒辦法立足的。因為咱們哪，不和咱們的死對頭——壞老鼠交鋒是不行的。咱們地盤裡面的敵軍體型，比別的地方都來得大，而且又肥又壯。是一群天不怕地不怕、很不要臉、簡直是標準惡徒的臭傢伙！

你問在下是誰？唔，在下已經上了年紀，在冬天夜晚，舊傷口都會疼痛不已。老實說，偶爾心中都會不由得興起不如就蹲在暖和的蒸餾室中，悠哉悠哉過日子的念頭。喵嗚……，不得不那麼想——要是能在自己的窩裡面蜷成一顆球，或是在發芽室寬敞、寂寥的小房間裡，當個不問世事的隱者，那該有多好呀！可惜，身為咱們基爾特的一份子，可是連一個晚上都不許輕敵的。倘若一輕忽，敵軍就會開始繁衍壯大，在咱們的地盤裡蔓延開來。這樣一來，那夥鼠黨就會在酒窖裡到處散佈細菌，讓酒窖變得髒亂不堪。不成不成、絕不能讓這種事發生！不論是怎樣淒涼的晚景、不濟的境遇，我至今為止，還是來回巡視著發芽室和大麥倉。那是從很久很久以前開始，當我還是隻剛剛斷奶的小貓時，跟在亞瑟．凱特屁股後面做的事，到現在完全沒有改變。

喵嗚……，那個女人真的非常親切。對敵人一點也不畏懼，總是一刻也不容許牠們躲藏似的，瞪視著牠們。心血來潮的時候，會抓個兩隻成年老鼠給我當活教材，她就是這樣地靈巧。我在剛開始的那幾個晚上，要是沒碰上敵軍中最強的那幾個傢伙的話，就會揣測著，要是跟對方遇上，會看到什麼樣的眼神呢？一想起這個，我就氣到渾身發抖！那些畜生！沒錯，牠們就是我的敵人！仔細想想，讓我打從心底憎恨、想要奮力追趕、作戰、殺光對方的動物，也只有牠們了！牠們是咱們貓兒和人類兩邊共同的敵人——到處散播跳蚤和蝨子、可惡極了地隨地大小便，不僅如此，在那口骯髒的黃牙和乖僻的劣根性作祟之下，牠們連小動物們的東西也要掠奪。

在威士忌酒窖裡，會先把最上等的大麥浸泡在水裡，逼出糖分來。接下來，再舖到有如一座大廳那樣寬敞的地板上，堆得跟貓的身高差不多高，就這樣放個好幾天。從敵軍的角度看來，這根本就是一座夢寐以求的美食山啊！要是隨隨便便把那幫傢伙放進那裡，讓牠們在大麥堆中滾來滾去鬧著玩，把麥子弄得亂七八糟、喜歡吃就吃個痛快的話，牠們不但會大口大口把麥子吞進嘴裡，嚼得嘎吱嘎吱響，還會順道從嘴裡把髒東西吐出來，弄得到處都是。呸！可恨的傢伙！總而言之，暖和的、發芽中的大麥堆，無疑是適合敵軍橫行的好場所。

酒窖所在的建築物，是老房子中很常見的那種通道狹小，到處都是螺絲洞和引不起注意的陰暗角落，有木頭可以

在艾德多爾（Edradour）酒窖。酒廠主人及「威士忌」（Whiskey）。

供鼠輩盡情地啃，也有方便牠們養兒育女的自由空間，如一些坑洞。說實在，如果少了咱們這些貓兒的話，敵人一定會在這兒放肆地撒野。

就是這麼回事！咱們歷史悠久的基爾特之貓啊，基於不得不努力滅鼠的信念，一直是目光炯炯，一點點風吹草動都不放過的！

進入老字號威士忌酒窖的好運貓兒，還能被署名在公司準備給人類用的職員名冊上面。譬如說，在這個酒窖裡，我的頭銜就是「有害動物驅逐員」。我的伙食費是從酒窖的管銷費用中支出的。但是，供給我吃可是必要的唷——我現在可還沒衰老呢！不過，雖然說接受放在漂亮的盆子裡、滿滿一碗的牛奶或是可口點心時，會高興不已；稍微生病或受傷時，讓獸醫師照顧也是一件不錯的事，但最感動的，還是莫過於酒窖的漢子們看重咱們、認為咱們的任務攸關重大。

咱們這些貓住在酒窖裡，因捕獵鼠輩而戰死，是一種本分。咱們協助製造那被

我乃『威士忌』（Whisky）是也！
蘇格蘭最小的威士忌酒窖——艾德多爾（Edradour）蒸餾廠的4位工作人員。
正宗手製威士忌酒出產於此。

叫做威士忌、香氣會留存在鼻腔裡的飲料，並非白白葬送一生。那香氣真的是相當濃烈啊！

咱們的任務就是看守，那絕不是份輕鬆的工作。在白天，那些有翅膀的惡作劇者，會弄破發芽室窗戶上的金色網子，或者是趁門忘了關時飛進來。在夜晚，那些腳程快的惡作劇者，會從各個角落潛入。雖然消滅這兩種敵人都很花工夫，但實在很愉快！而且拿來當點心還真不賴。

但是，一提起敵軍，牠們可是我一輩子、每夜每夜，不得不交戰的死對頭。擊敗自己的同伴、出鋒頭雖然有趣，但卻是件危險的工作。況且，依我的喜好來看，說起來也不愛拿敵人來打牙祭。不，因為這完全是必需赴湯蹈火的工作，所以也有好幾次，腦海中會出現我之前說過的那種，脫離基爾特隱居起來，或是跟著酒窖的某個男人回家，悠哉悠哉地渡完餘生的想法。喵嗚……，但畢竟別無所愛，只有在這種地方生活，才是我的夢想啊！如今，基爾特的工作已經和我的身子結為一體，除之不去了。

喵嗚——凹嗚……欸。伸個懶腰……，該把身體舔乾淨、到我喜歡的地方磨磨爪子，四處巡一巡了！昨晚，我已經嗅出那個有著小老鼠的新巢穴在哪兒了，今晚，非得消滅那幫傢伙的其中一隻不可。

第二章
亞瑟・凱特

我為何會來到這個酒窖裡，擔任這種職務呢？其中細故，我已經完全不記得了。唯一記得的是，在我還是隻好不容易斷了奶的小貓時，我娘用嘴叼著我，把我帶到這兒來的事情。依稀記得通過那條黑漆漆、遠迢迢、恐怖兮兮的走道時，我娘不時把我從嘴裡卸下來，劈頭臭罵我，要我閉上嘴巴別說話。雖然之後，亞瑟・凱特身兼母職和父職，告訴了我許多位於山的另一頭的格蘭摩瑞酒窖（Glen Moray）的事情，不過關於酒窖是幾年前停業的？還有我爹娘及兄弟姊妹後來怎麼樣了？我通通不曉得。

貓咪基爾特的事在內部被視為機密，詳情我並不清楚。大概是當時格蘭摩瑞沒有再多容納一隻公貓的餘地，所以基爾特把我送到這兒，寄放在亞瑟・凱特那邊

吧！我從還是小貓的時候，看起來就是一副很愛幹架的樣子。

這間格蘭葛倫酒窖（Glen Gran），位於一條經常能捕獲鮭魚的知名河川的幽靜河口上。酒窖背後是一片絕壁，其上林木茂密。因為那片斷崖上有塊石灰岩凸出來，所以形成了好幾個洞穴。昔日，這裡以作為走私業者和私釀業者的藏貨倉庫而聞名。許多木造的船隻悄悄潛進來，在這裡下錨、卸貨，並裝載滿滿的，會令稅務署官員瞠目結舌的貨品。

在位於懸崖深處，屋頂鋪著結縷草或石南草皮的小屋裡，釀好威士忌之後，藏進洞穴中，裝瓶後再運出來，賣到各個大城市去。亞瑟·凱特總是對我說著，敵人就在那些船隻紛雜地進進出出時，趁亂混進來的，而後牠們和在地的老

36

鼠一起生兒育女，因此，才會生出劣根性特別強的種族。不管是哪裡的酒窖都找不著像此地的敵軍一樣危險、頑劣的族群，這是那個女人的論點，所以，我多年來也這麼認為——特別在舊傷復發的冬日夜晚啊！

亞瑟·凱特是我的老師，就是那個女人領養我、教育我的。雖然那個女人經常說，那是因為她聽說我這隻黑色小貓，是個每次一呱呱號哭，就會立刻伸出爪子亂抓的無敵急驚風。

我娘把我留下後離開的翌日清晨，蒸餾室的領班吉姆大叔，在變成亞瑟·凱特巢窟的「格蘭葛倫純麥威士忌」（Glen Gran malt whiskey）厚紙箱中發現了我。像是艾德多爾（Edradour）酒窖的「威士忌」（Whiskey）。

為了刻意避免人們一個不留神，舉起穿長靴的腳踩到我那樣，那個厚紙箱被移置到初餾鍋旁邊，溫暖的角落裡。吉姆大叔彎下腰來，彷彿不敢相信自己的眼睛一樣地窺看著箱子裡的東西。「咿，這是啥東西？咱們家的貓兒把我的眼睛給弄花了啊！居然生了小貓耶！生了、生了！但是，該拿這隻活下來的小貓咪怎麼辦才好？」

「說不定啊，可以在母貓留守時，叫牠去追捕那隻陳年老鼠呢！」

「嗯，也許可以呢！小傢伙，等一會兒喔！」

吉姆大叔拿著裝滿鮮奶的褚茶色大托盤走過來，接著

把托盤放在貓巢的旁邊。一安置好，就輕輕的把我抓起來，萬分失禮地扳開我的後腿，想要鑑定我是公是母。我憤慨的呻吟，立即伸出前腳猛抓吉姆大叔的紅鼻子。聽到亞瑟．凱特也出聲抗議，吉姆大叔才笑著放我下來。

「唷，這小傢伙還真會搬救兵呢！別生氣啊，貓兒，這小嬰兒我們會飼養牠、照顧牠的。今天沒有妳幫忙可不行，早上在鍋爐附近，發現了一隻大老鼠呢！」

當然，彼時的我還不了解，吉姆大叔所說的話是什麼意思。

平時亞瑟．凱特把我當作親生兒子一樣疼愛，只有在我磨蹭著身子、上下其手地按著她溫暖的下腹部，用鼻子和舌

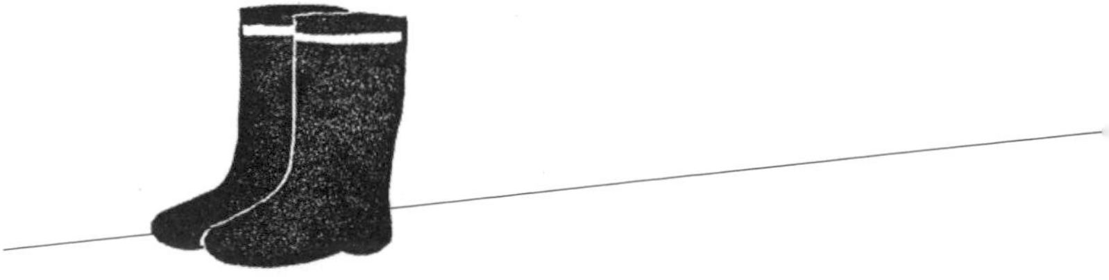

艾德多爾（Edradour）酒窖的「威士忌」（Whiskey）。

頭去探尋她的乳房時例外。那個女人會一把踢開我的四隻腳，使勁地往我的兩隻耳朵周圍揍下去。

「好樣的！快點給我長大！你現在已經不是小孩子啦！要是想喝奶，去盤子裡面找，不然就去向吉姆大叔要。」

事情完全就是那樣子，從我娘把我丟在這兒之後，一直以來，我都只喝盤子或碗裡那種冷掉的牛奶。

但是除此之外，亞瑟・凱特就像母親一樣和藹。夜晚巡察完畢以後，多了我跟她一起睡，她總是一邊伸出一隻前腳摟著我的肩、用尾巴圈住我後腳那一帶，一邊說著許許多多的故事給我聽。

雖然現在我說的是「巡察」，但是事實上，那個女人有整整一個月都沒帶我去巡察。那之間一有空閒，就對我施予搏鬥技訓練。雖然頑皮的我非常熱愛搏鬥技，但卻不知道訓練已經開始了。學藝期間，亞瑟・凱特把其他貓不太使用的招式都教給了我，諸如不用前腳進攻、嘴裡叫囂，佯裝要打過去、使勁衝撞等等，還會咬住我的咽喉、耳朵、鼻子和肚子那一帶，就像是快要把我咬斷一般地痛擊我。一想到說不定會被咬死，我就起而抵抗、臥倒，然後「唰地」改變姿勢逃出去。那條逃命的通道，似乎還是一條完全不見貓蹤的路，我就這樣沿著牆角、管線、垂地的樹木枝條奔逃，鑽過小小的洞穴、跑進塵埃瀰漫的黑暗地帶……。把我逼到角落、引到無法動彈的地方之後，那個女人便抬起後腿，迅速旋回身子面向我，露出尖牙向我進攻。這真是我始料未及的恐怖情勢，當那個女人一衝過來，我立即拔腿往後狂奔，並且揮舞著兩隻前腳，小心防守。那個女人以嚴厲的口吻這麼指導我：

「注意你的嘴！揮拳打回來！使出雙鉤手猛抓。不行！護住腹部，不能被對手侵略，不出手就等著挨揍！用後腳踢回去！不行！不行！一咬住就非得像要把對方咬死不可！接著咬住牠的脖子，這樣一來，對方就沒辦法咬你的臉！出拳！吼叫！

格蘭蒙朗吉（Glen Morangie）酒窖的「生薑」（Ginger）。

進攻！進攻！」

亞瑟．凱特雖然嚴格，卻並非會做出卑劣行為的女人。教我那些卑劣行徑的既非那個女人，也不是那些笨拙的酒窖大漢，而是從敵人那兒學來的。那幫傢伙教我這些卑劣行為，而我也數度回敬在牠們身上。捉到牠們其中一隻之後，就當作玩物凌遲到膩為止，觀賞牠們痛得滿地打滾的模樣……心煩意亂地對著牠們惡作劇。亞瑟．凱特教過我讓牠們一口斃命的竅門。因此，當我變成獨當一面的公貓時，因為反覆鍛鍊這個絕技，所以即使是牧場裡最大隻的公老鼠，只要被我咬一口，便會即刻魂歸離恨天。

喵嗚─，怎麼又開始自吹自擂起來了呢？喵嗚─，莫非真的是老了？

Chapter 2 End

第三章
第一隻獵物

咱們貓兒呀，是相當有禮貌、愛乾淨的動物，這個幾乎無人不曉。當今世上，在以腳代步的動物之中，幾乎找不到像咱們這樣既整潔、脾氣又好的動物了。要是整潔是親近神必備的美德的話，那貓咪應該可以說是最有資格親近神的動物吧！提起這個，在古早古早以前，人類豈不是把咱們貓咪當成神明一樣侍奉著嗎？欸。咿呀，又離題了。這大概也是因為我不想講太多自己蠢事的緣故吧！

但是貓咪，特別是幼貓，一旦不得不住在人類以雙手大大改造過的地方時，咱們那與生俱來的、愛乾淨的天性，也就會變得有些反常了。

例如，我剛被人發現的那五、六天，就曾在發芽室的大麥堆上撒尿。發芽室的大麥蓬蓬鬆鬆，而且軟綿綿的，感覺就跟暖洋洋的砂堆一樣，舒服極了。對年幼無知的小貓咪而言，真的會以為那片地板是個又寬又大、又舒適的貓砂盆。喵嗚—，但是亞瑟·凱特一發現我肇禍的現場，便即刻飛奔過來，使勁全力撞我的頭，我一隻耳朵因此受了傷。傷口痛死了，而且嚇了一大跳，所以我也反擊了回去。嘎—嘎—、嗚—嗚—低吼著，抬起後腿猛力踹回去……，我和亞瑟·凱特在大麥堆中交手、纏鬥，慢慢地我的頸子被她咬住叼起來，從而被制伏。亞瑟·凱特怒氣沖沖、目光凌厲，就這樣把我叼在嘴裡拖著走，一直走到樓梯口，從那兒把我丟下去。

「啊！髒死了！太骯髒了！太骯髒了！跟那幫傢伙可真像啊！給我滾出去！」

我全然被她那洶洶的怒氣嚇破了膽，所以那之後的兩天，也不管會不會被斥責，我就獨自一個孤零零地過。

那兩天，我都會在格蘭葛倫酒窖的漢子們固定小聚的時刻，潛入那間溫暖的、

飄散著美好氣味的小房間裡。男人們習慣在那裡咭哩呱啦的聊天，喝著那名字叫「茶」，熱呼呼且帶有濃烈香氣的甘甜飲料。大夥兒在那個小房間裡稍事休息，順便逗逗我、摸摸我。

在那裡，我發現並且樂在其中的遊戲，是跳上正在看報紙的男人的膝蓋，用前爪把翻開的報紙拖出來，弄得沙沙作響、四處飛散。即使我那樣惡作劇，坐在周圍的男人，依然也只是用粗嗄、宏亮的嗓音呱啦呱啦地繼續聊著天而已。第一個男人和下一個男人，都會過來制止我、把我攆走，第三個男人搔了一下我的肚子。那之後我朝著在對面角落，一個人靜靜坐著的男人的膝蓋跳過去，用前爪把報紙拖出來，結果一個不留神，忘了把指甲藏起來，便嘩哩嘩哩的把報紙的下半截給撕斷了。那個男人生氣了，咆哮起來揍我……，總而言之，因為他的手又大又粗糙，劇烈搖晃的我，被他的掌風呼向對面，正好摔在坐在吉姆大叔面前的那個人的小腿上。

我嚇壞了！頓時眼冒金星、全身軟綿綿……，待回過神來時，已經被一隻溫暖、強壯的胳臂抱了起來。吉姆大叔不急不徐的站起來，邁開大步，慢吞吞地用兩步橫越房間，一把揪住那個男人的工作服胸口，將他拉到自己的鼻子旁邊。

「喂，乳臭未乾的傢伙！從今以後，要是想欺負其他生物的話，就從那種跟自己一樣大小的開始比較好吧！」

「那個臭傢伙把足球比賽的新聞弄得破破爛爛的！老子不曉得該怎麼下注了。那種畜生，我要擰斷牠的頸子掐死牠！把我放下來、放下來！」

吉姆大叔用力抓住那個男人的一隻胳膊往上提，然後用又大又結實的圓肚猛力一撞，對方就從對角的房間門口，遠遠地被拋到外面去了。

「在格蘭葛倫這個酒窖裡，沒有一個人敢欺負貓，連一個也沒有喔！」吉姆大叔邊怒吼著，邊把我捧在左手腕上，就這樣坐下來。

那個男的口出惡言，狠狠地罵著髒話。一邊罵、一邊拍掉身上的灰塵，然後揮舞著拳頭，往辦公室的方向走出去。

那傢伙是在倉庫裡，負責將大酒桶搬進搬出的，年輕、精壯的男性。但是，即使是那樣精壯的

男人，被吉姆大叔這種彪形大漢的神力擊倒在地，他的威嚴恐怕全都蕩然無存了。之後，據我了解，那傢伙就這樣跑到經理那邊訴苦，而後再也沒有回來過。聽說，經理把那傢伙給解雇了！

我鬆了一口氣。大抵上，咱們貓兒對於人類的語言並非全然了解，但是在人們大動肝火時卻知道得一清二楚。那個乳臭未乾的傢伙，要是形勢允許，說不定真的會掐死我。不過，在格蘭葛倫酒窖這一帶的貓咪地盤上，只會被沒有送貨的卡車啦、被扣押的大酒桶啦……諸如此類的東西佔到空間、擋到路，而將我們挪到一邊去，所以，唯一會加害貓咪的，就只剩下老鼠了。

這些事情發生期間，亞瑟．凱特還是一樣，對我在麥芽堆上撒尿的行為感到生氣，不讓我進巢裡去。由於夜間寒冷，我就睡在茶水間的長凳上頭，那髒髒的破舊座墊上。茶水間裡放有一個燒木炭或草炭的鐵製暖爐，再加上水壺一直冒著蒸氣，是一個很暖和、感覺很舒服的地方。雖然偶爾也會被從管線中「咻－」一聲漏出來

正在打野兔的「生薑」（Ginger）。

正在打野兔的「生薑」（Ginger）。

的廢氣或二手煙薰得打噴嚏，但是遠比縮在冷颼颼的寂寞角落裡睡覺要好得多了！酒窖的壯丁雖然既粗魯且孔武有力，但都是本性溫和的人。可是，有個晚上，我又幹了在茶水間地板上撒尿的蠢事。截至那時為止，我雖然牢牢記住不能在柔軟溫暖的地方、飄散出彷彿是食物香味的地點周圍、似乎是木造的高臺上面撒尿，但茶水間的地板是混凝土打造的，又冰又硬，到處都髒髒的。至今我還會想起那個不可思議的疏失，但是當時，就在我將尿完而未尿完之間，不知道是誰把我從脖子後面拎起來，於是我嚇得跳開，一鼻子撞進又臭又髒的尿水中。我實在覺得丟臉極了，於是不停呻吟亂叫。而那隻拎著我的手，把我舉到半空中，往下著雨的室外那一片黑暗中丟出去。

喵嗚——！我當時真是悽慘無比。雖然想要回到房間裡去，但是門就在我面前「啪噠」一聲關上了。我全身濕淋淋，喵嗚喵嗚地哀號著，好不容易才走到了蒸餾室門口，在外面拉高嗓門，繼續哭號。最後好不容易等到有人過來幫我開門。

我一步一步慢慢地走進去，朝著那巨大的銅製威士忌蒸餾器的方向，直直走過去，一邊仍舊吵死人地哭個不停。我非常討厭那閃閃發光、圍繞在跟天鵝頸子一樣形狀的巨大蒸餾器四周的金色網子，至今還是很討厭。之所以如此，是因為那種金網子會弄痛腳掌。但是，蒸餾器本身卻會不斷飄散出令人愉悅的暖氣。無論如何，我實在是冷到骨子裡去了，所以對此深感慶幸。而亞瑟．凱特看見我，佯裝不認識的樣子，吉姆大叔回頭看見，把我抓了起來，然後放聲大笑。後來，他盡量把我拎到遠一點的地方去，邊走邊說道：「喂，小傢伙！你這樣簡直就像一隻濕答答的老鼠呀！我們家的貓兒跟老鼠可不一樣唷！要不然人家尾巴一甩，你就準備要上西天了！這個是普天下皆知的道理。來吧，給你些牛奶，就在這裡乖乖地把身體晾乾吧！」

吉姆大叔在亞瑟．凱特的巢旁邊，幫我放了這個牛奶盆，而亞瑟．凱特躺在紙箱中，用可怕的表情瞪著我。而後，又有一個男人走進來。

「吉姆，這個頑皮的小傢伙在茶水間的地板上撒尿，然後又在自己的小便中洗臉，所以被人丟到外面來。不管教一下可不行唷！」

吉姆大叔這回並沒有為了我而火冒三丈。

「傷腦筋的小傢伙！」吉姆大叔笑著說，折回有著大玻璃和黃銅容器的地方，一直盯著容器裡面瞧，不知道在看什麼。

由於他凝視了那麼久，所以我當時認為那裡面一定有隻小白鼠。後來爬到上面去，往容器中一看，發現裡面只有幾根破舊的玻璃管並排著而已，管子裡有一些懸浮物，而像水一樣透明的液體分成兩條滴下來。

牛奶美味極了。我喝得一滴不剩之後，開始用鼻子推那個盤子。匡啷！我又推了一下。

匡啷！這次我伸出前腳推推看。匡啷、匡啷！我又發現了一個新遊戲耶！那些不愉快的事情都從我的腦海裡消失了，我在金色的網子上，對著那個盤子又敲又打的，盤子咕嚕嚕跳著迴旋舞，發出匡啷匡啷的聲響，讓我沉醉其中。

就在那時，一聲有點淒厲的「喵─嗚─」，從我身後低低地傳過來。

「給我聽清楚了！這裡不是給小鬼鬧著玩的地方，不更機伶一點不行。如果是發芽室地板以外的地方，即使你弄髒了，他們也許還會笑著原諒你，要是那些人類中的任何一個（就算是吉姆大叔也一樣），發現你把那裡的地板弄髒，一定會把你從這個酒窖丟出去，而別的酒窖也不會允許你踏進一步的！聽懂了嗎？」

我停止玩耍。

「那邊的地板上，鋪的並不是泥土也不是砂唷！笨蛋傢伙！那是吃的東西啊！

是叫做大麥，正在生長發育中的東西。所以才那麼暖和呀！所以那批髒兮兮的同夥、有翅膀的同夥，才會在那邊蔓延呀！就是因為這樣，我們才會在這邊，確保大麥的純淨呀！我們自己絕不能污染了大麥！了解嗎？自己的髒東西，要拉到外面的草地、雪堆或泥土上去。離開家裡，走遠遠的去拉。要是讓我再聞到酒窖裡有一丁點你拉出來的屎尿臭味，我就親手殺了你！過來，把身體弄乾淨！」

接下來，亞瑟・凱特把我全身上下舔乾淨。

我則記住了這件重要的事。

但是，對精力旺盛而少不更事的幼貓而言，每天碰見危險事物是很平常的。

我也有一次差點就溺死。發芽室的隔壁

有好幾個很深的混凝土水槽，男人們會把好幾噸的大麥倒進裡面，再從上面澆水下去，就那樣把大麥浸在水裡整整兩天。因為那個時候的我，正當看見什麼都感到新鮮得不得了的年紀，所以目光首先被成捆的麥穗揪住，接著又被水深深吸引。我尤其喜歡那「啪擦、啪擦」的聲音響起時，水花四濺的景象，於是開始玩耍起來——先走到水邊，然後為了閃避飛濺的水沫，又拔腿往後飛奔撤退。

不久，連那個也玩膩了，所以我就繞著水槽邊緣來回走動。究竟是怎麼掉下去的呢？至今我仍不曉得。大概是在被水濺濕的水槽邊緣不慎打滑了腳，而一腳踩空的緣故吧！總而言之，我掉進水槽裡去了。我成了落湯雞。正當在冰冷的水和大麥之中浮浮沉沉時，一個在發芽室工作的男人發現了我。這個男的一邊用盡髒話罵我，一邊把水桶綁在耙子上，將我撈起來。

「你這愛惹麻煩的小傢伙！」那個男人大聲地吼我。

相當不好意思，人們之所以總是喊我「努斯」這個名字，正是因為這個緣故。格蘭葛倫的壯丁們都叫小白鼠「茂斯」或「姆斯」（Mouse），所以幫我取了「努斯」這個發音相近的名字。他們剛開始叫我「努伊桑斯」（Nuisance）——麻煩精，久而久之漸漸縮短成「努斯」（Nuice）。

從那之後截至現在為止，酒窖的男人們都經常講些「『努斯』看家追『姆斯』（老鼠）」之類的無聊詼諧語（譯註：江戶時代流行的一種語言遊戲，模擬諺語、成語的發音）。我只喜歡人家叫我「貓咪」，我想那些男人們也知道。知道歸知道，至今卻仍毫不厭倦的用那個渾名來戲弄我。

說什麼「努斯、努斯，捉到姆斯了嗎？」之類的話，真是無聊透頂，喵嗚！

隨著歲月流逝，我也逐漸長大，並學著獵殺敵人。第一隻獵物是一匹小白鼠，被亞瑟．凱特活捉過來當作教材讓我凌遲，捉來以後，她使出「刺」、「鉤擊」、「擦撞」、「單手推」，以及放出逃得很快的誘餌等各種貓咪的格鬥技，毫無保留地讓我見識一番，最後，以傳授我「一咬斃命術」作結。我非常熱衷於這種技藝的學習，像是把小白鼠往空中拋，當牠掉到跟貓咪身高差不多的地方時，就衝過去將牠撞得遠遠的；還有在牠拼命掙扎著想要逃出去時，彎下腰去盯著牠瞧……，把這幫傢伙當作玩具一樣玩弄著，直到他們精疲力盡。如果實在是玩到累了、膩了，我或是老師亞瑟．凱特，就會指引牠們到西方極樂世界去，而師徒兩人也經常合力讓這幫傢伙攤平在地。先前提過，我至今仍會捉小白鼠當點心吃。不過，論口味還是小鳥或小兔子要來得好一點。

亞瑟．凱特也教我到老鼠的洞口守株待兔的方法。領悟到訣竅之後，我就會

塔薩是當地最高齡的貓咪，少說也已經有15、16歲了。每年，她過生日，地方新聞的記者都會來採訪。因為年紀很大，所以有一隻眼睛壞了。

按捺不住地跑去等待，並且強烈喜歡上那種緊張刺激的感覺。守在洞口望眼欲穿地一直等待，一刻也不能放鬆，即使只是稍微毛躁地動一下身子，就會全部告吹，忍耐！忍耐！無論如何都要運用直覺，尖起耳朵來，仔細聽那微弱的、咚咚響的腳步聲，以及硬皮小尾巴摩擦物品所製造的聲音，然後慢慢地，把長著鬍鬚和軟毛的鼻頭，湊到洞口窺探。

好極了！槓！跳起來撲上去！不，已經不有趣了！

那樣的訓練重覆好幾個禮拜之後，我第一次打死了並非小白鼠的真正獵物。那時夜已經完完全全深了，我和亞瑟・凱特正在酒窖裡守夜、四處巡察。現在想起來，那傢伙的腳程還真快啊！對手是一隻半個人高，不，應該說是半隻老鼠高，血氣方剛的公老鼠。而且，兩顆像小鑿子一樣尖利的牙齒不時伸出來，要是被那個咬到，傷口必定會化膿，後果相當恐怖。那傢伙很怕亞瑟・凱特，沿著牆壁像子彈一樣飛快的逃跑，不過蹲在柱子的陰影下時，被我們發現了。亞瑟・凱特事先就交代我堵在那裡守株待免。那裡只點著幾盞光線昏暗的燈泡，而我就藏匿在黑暗之中。如你所見，我的身體幾乎全黑，白色的地方只有一隻腳的腳尖，以及胸前那個小小的斑點而已，所以在暗處不易被察覺。

因為這個緣故，那隻年輕的公老鼠，朝我口中迎面奔進來。那之後，亞瑟．凱特又緊接著去追捕一匹那傢伙的兄弟，正當牠像三色火球一樣從我面前跑過去時，我已經讓敵手受了致命傷，挖出牠的一隻眼睛了。亞瑟．凱特捉到獵物並殺死牠之後，「唰！」的一聲，不慌不忙地翹高尾巴，走回我這邊來。一見到我殺死的對手屍體，便聳起了背脊，伸出前腳用爪子去碰牠。「幹得好！」亞瑟．凱特高興地稱讚我。

「確定是斷氣了。來，把那傢伙擺到樓梯口去。這樣一來，明天早上漢子們發現，就會拿去燒成灰燼。」那個女人這樣交代我一次，重新思考過後又作了指示：

特姆度酒窖（Tamdhu）的「波西」（Pussy）。

「不，比起那樣，有個點子更好，讓漢子們知道可以慢慢開始指派工作給你會更好喔！把那傢伙帶到茶水間，然後就在外面等待，不要進去裡面。在門口等。來，去吧！我已經嗅到那幫傢伙的巢穴發出的臭味了，就在網子的後面。你朝後方走，或許可以把牠們趕出來也說不定。來，快去吧！好好表現喔，喵嗚—。」

我走下木造的樓梯，敵人的屍體被我吊在兩隻前腳之間「啪噠！啪噠！」打來打去，越過中庭、拐過巢所在的角落，從烘烤室前面穿過。喵—上顎下顎都好痛！沒辦法，大概是因當時我連半隻成貓都還算不上吧！好不容易抵達茶水間的門口，我卸下屍體，像是想忘記嘴裡討厭的氣味似的不斷擦著臉時，真的完全鬆了口氣。

恰巧那時，當晚班的男人們剛好結束茶憩，正想打開門。不知是誰大叫出來。

「喂咿！大家快出來看！麻煩精小傢伙完成第一件工作囉！」

又一個男人走出來，把我抱起來一邊誇獎、一邊撫摸。

「你還只是一隻小貓而已耶！」

「這小貓咪一定有山貓的血統，錯不了的——明明是小鬼，卻有大人的手腕喔！」

第三個男人摸摸我的兩隻耳朵。知道男人們因為我而興高采烈，我也雀躍不已。男人們，即使是像吉姆大叔那樣強壯的男人，似乎都因為憎恨老鼠，連碰一下牠們的屍體都嫌討厭。

那一夜，我自信滿滿、得意萬分，再一次和亞瑟・凱特出去捉老鼠，又幫忙獵殺了六匹。

吉姆大叔聽聞我首次出征的英雄事蹟後，隔天除了餵我們兩隻貓喝牛奶以外，還把自己便當裡的麵包全部挾給我們，還給了好幾片帶著藥味、又辣又厚的豬肉，作為犒賞。

喵嗚！直到如今，一回憶起當年，我依然會渾身震顫！身為酒窖貓咪基爾特的一員，不可能再度感受到，第一次殺死獵物時那般的喜悅了啊！喵嗚—，話說，今晚能捉得到幾隻呢？嗯，像這樣伸個懶腰……咕嚕咕嚕。又到了守夜的時間囉……。

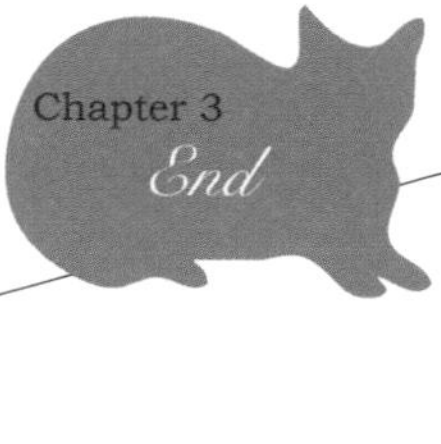

第四章 飛來橫禍

「匡啷！」突然間，有東西打中我的右耳和左後腳。眼前那一片斷枝殘木遍佈的田地上，像來勢洶洶的冰雹和砂礫那樣的東西，霹哩啪啦地飛濺四散，接著，後面傳來轟隆隆的巨響。我本能地跳起來，然而，後腳不知道哪裡不對勁，我摔倒在地，抓著泥土、殘枝和小草的嫩芽站起來，往矮樹籬的方向飛奔而去，拼命到連嘴裡叼著的大鳥兒都掉了。轟隆隆的聲響又傳來了，小小的、顆粒狀的東西正霹哩啪啦地砍著草叢。我跌進水溝裡，因為聽見後面傳來男人咆哮的聲音，所以忍住後腳劇烈的痛楚，我爬上荊棘纏繞的矮樹籬，躲進枯葉和藤蔓的陰影中。

完全受到驚嚇的我，蜷縮起來壓低身子，那個男人往矮樹籬這邊走來，可以聽見他拿著奇形怪狀、有如手杖的東西刺著山楂叢，到處蒐尋的聲音。那個男人把我

殺死的五彩長尾鳥掛在一隻手上，那是隻頸子為紫色、眼圈為鮮明的深紅色、頭為綠色，相當漂亮的鳥。我在原野的對面那邊，一路尾隨那隻鳥，就在牠奔馳欲飛上天空的剎那，猛撲上去用指鉤抓住，張大嘴咬住牠的後腦杓，一口氣殺了牠。因此，那是我的獵物。為何那個男人要拿走我的東西？為何我要遭遇如此恐怖、痛苦的事呢？我非常憤憤不平。

聽得見那個男人斷斷續續罵人的聲音。

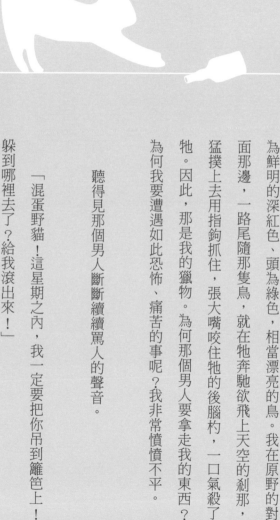

「混蛋野貓！這星期之內，我一定要把你吊到籬笆上！躲到哪裡去了？給我滾出來！」

我一直躲著，腦海中浮現某個場景：原野對面那一邊的鐵絲網上，吊著一大排動物屍體——鼴鼠、貂、黃鼠狼、雀鷹、烏鴉，甚至連貓頭鷹都有。我當時看見，還覺得稀奇地輕輕碰了一下，稍微聞看看臭味。呀！已經臭到鼻子都受不了了。到底是什麼人把捕殺的獵物排成這樣呢？我當時還覺得莫名其妙。咱們貓咪夥伴，是不會為了要讓酒窖男人看見我們在守夜時殺死的獵物，而把牠們排成一排、晾在某個地方曬成乾的，而且當然囉！咱們壓根不會獵殺老鷹、烏鴉或貓頭鷹。要是抓到小鳥，也會就那樣把牠吃掉。大一點的小鳥，我也會帶回酒窖，打算跟亞瑟·凱特一起吃。

那個男人邊咆哮著，邊窸窸窣窣地刺著籬笆，但是，咱們貓兒對一聲不響躲起來的方法相當有心得，豈會被發現？男人從我躲藏的地方走了過去。我後腳上的傷口開始痙攣，一陣陣抽痛起來，偏偏又是在我自己很難摸到的地方。耳朵上的傷雖然沒什麼大礙，但畢竟不能跟那種被村子裡的笨貓抓到的輕微擦傷相提並論，因此很不舒服。

即使男人已經走過去了，我仍然驚魂未定地愣在那裡。當我終於想起該回到安全、溫暖的蒸餾室時，已經是沉沉的午夜時分，亞瑟．凱特出來巡視的時候了。

「喂，努斯，今晚放假嗎？」吉姆大叔停下手中玻璃和黃銅製大容器內部的檢查工作，彎下腰來想要撫摸我。

但是，看到我的後腳粘滿了血，吉姆瞪大了眼睛。

「這究竟是……」吉姆一碰我的後腳，我就嗚嗚地哀叫，爪子胡亂揮舞，在吉姆淨是斑點的手背上，抓出了一條條又長又紅的血痕。

「攻擊你的到底是哪裡來的傢伙呢？」吉姆困惑地歪著脖子。

吉姆大叔把我放進巢裡讓我睡覺，一直到隔天早上執勤完畢。執勤結束後，他走過來，用一慣渾厚有力的聲音，說話哄我（只是這次他戴上了手套），把我拎起來，放進外套裡面抱著。就這樣，我打從出生以來，第一次被帶到了人類的住所。

吉姆大叔和圓圓胖胖、人看起來很好、臉蛋紅通通的太太兩個人，住在河邊一幢獨棟的小房子裡。當我穿過前院那條短短的路時，注意到了河邊的水聲、在石南花叢中展開歌唱大賽的兩隻公烏鴉的歌聲、高聳的樹枝上，斑鳩啁啾的叫聲、河川對岸某個地方響起的鷸鳥的鳴囀，以及翻筋斗高手激昂、拼命的喊叫聲。

沒多久我就身處暖和的廚房了。我被放進暖爐旁的藤籃中，分配到一大盤的絞肉和一小盆的溫牛奶，但我的傷口疼痛到無法承受。

那天晚上，一個陌生的男人提著一只黑色的大袋子來到。那個男的和吉姆大叔低聲交談後，兩人突然一起用厚毛巾把我裹起來。即使我再怎麼嚶嚶地哭泣，吉姆大叔還是緊緊按住我，不讓我亂動。就在那時，男客人從袋子中取出閃閃發光的金屬和玻璃製的小道具，朝我刺過來。恐怖的傳說和謠言霎時從我腦海中閃過，我悚然一驚。在我們基爾特裡，公貓被人類親手切斷了兩條後腿之間的重要部位而無法生育的傳言，時有所聞。動過那種手術的公貓會變成肥肥軟軟的窩囊廢，以後再也不會在屋頂或是小巷弄裡演出色情秀，或是對性愛表現出興趣了。我揮舞手爪想要喊叫，然而聲音怎麼樣都出不來，剎那間我眼前一黑，就不省人事了。

我昏沉沉睡去，醒來時發現，全身的力氣似乎都被抽乾了，關節僵硬、喉嚨乾渴得厲害，一時之間，不知道自己身在何方。是蒸餾室嗎？還是烘烤室的火堆旁？正在思忖中，燒紅的泥炭所發出的焰光，從我睡的藤籃床邊的隙縫刺進來，接著強烈的煙薰味飄過來，直衝衝地嗆進我的鼻子。我想要跳起來，卻因為傷口的疼痛發作，而一屁股摔倒在地。

我定睛一看，發現吉姆大叔和那個依舊不知是誰的男人對坐著，桌上放著已經喝了半瓶的威士忌。不知名的男人紅著臉，搖搖晃晃地站起來，走到我旁邊，斜睨著我，一直盯著我瞧。

「這傢伙口渴了，用溫牛奶調些水，把那個藥粉摻在裡頭餵牠喝，以避免細菌感染。很快就可以康復、出去外面玩了喔！這傢伙腳力很好，被三號散彈打中了卻只是骨折，而且只切斷神經而已，真是不可思議！」

吉姆大叔走到廚房，用小盤子倒了牛奶，拿過來放在我身旁。我用舌頭慢慢舔著，雖然有點辛苦，但是因為喉嚨乾渴欲裂，我還是一滴不剩地舔得乾乾淨淨。然後吉姆大叔把我抱起來，帶到門邊的貓砂盆那邊去。我自從小時候闖了禍，就不曾在家中大小便了，所以很不好意思地喵了一聲。

格蘭特雷酒窖（Glenturret）的「塔薩」（Towerza）。
她是隻有怪癖的貓咪，一定會在新鋪的水泥地上，蓋下自己的腳印。

說。

「好可憐、好可憐呀！小喵咪，在那邊尿尿沒關係唷！」太太很親切地對我

於是我忍著痛，滿臉通紅地方便起來。

吉姆大叔把我帶回暖爐旁的藤籃裡，三個人圍著我，若有所思的交談著。

「喂，小傢伙！你的腳力真不是蓋的耶！那個代管地主房產的小子，只要一發現盜獵者，就會立刻開槍的！」吉姆說道，並回頭看了看太太。

「哪，瓊安，聽剛剛路過的那群年輕人說，那個二地主今天闖進辦公室去了，說有隻全黑的貓在後門的空地上殺了一隻漂亮的公雉雞。聽說還帶著現場發現的證物去呢！」

「經理怎麼回答呢？」

吉姆大叔愛說不說地聳聳肩，答道：「好像是說，我們格蘭葛倫沒有那種貓！」陌生男子聽到，「啊哈哈哈」地笑了起來。

「那傢伙要是沒把那隻雉雞帶回去就好了——加入紅酒和香料去熬煮，可真是人間美味呀！」

「那樣啊……烤肥肉也很不錯呢！後門的河川上，地主的腹地裡，那塊叫做『岩』的岩壁後面，也有鮭魚釣師和地主的爪牙，那些傢伙會潛進我家庭院來。已經好長一段時間，我連一尾魚都搶不到了。」

「簡直就像蘇格蘭人口中的英格蘭暴發戶（Sassenach）！」（譯註：Sassenach，貶低英格蘭人的稱謂）太太憤慨地說。兩個男人則緘默著，靜靜凝視自己杯子裡的琥珀色液體。

我在吉姆家停留了兩個星期，這段時間，我理解了事情的始末，同時也知道自己的重要部位並沒有被切除。我後腳的傷也不再一陣一陣抽痛得那麼厲害了，只有偶爾會隱隱作痛。經過五、六天，疼痛慢慢地緩和了許多，到了第十天，我就已經有辦法跳上窗臺了，我坐在那裡，眺望著天空和庭院。

清晨時，小兔子們會結伴而來，到吉姆大叔家的紅蘿蔔田或萵苣田搗亂，但吉姆夫婦卻不會叫我去消滅那群兔崽子。狹小的草叢中，麻雀和白頭翁成群結隊，聒噪地鳴叫著。我一發現吉姆大叔的太太會丟麵包屑給這群麻煩精吃，立刻大吃一驚地跑回去。搞什麼嘛！在酒窖裡消滅那幫長驅直入的傢伙，是咱們的重責大任耶！

後院的最裡面，靠近我經常跳上去看外面河川的石牆很近的地方，長了三棵樹。

一棵是櫻花樹，其餘的是蘋果樹。每天，都有成對的灰雀飛過來，啄食樹枝上的嫩芽，並且驕傲地一邊放聲高歌、一邊滑行，展示身上那藍色、灰色、粉紅色相間的羽毛。真是狂妄的鳥呀！

我還看見體格很好的男人站在河邊，拿著又長又細的竹竿，朝對面拋出線拉著。拋出的線一拉緊，附近那藍脖子的黑水鴨就會輕輕地浮出水面，直盯著那漂動流向水底的東西瞧。

喵嗚！各種鳥類啦、小動物啦……，外面實在有太多好玩的東西了！但是，雖然我已經在家坐得快憋不住了，一心只想出去，吉姆大叔和大嬸依舊怎樣都不肯讓我出去。

「你，不可以唷！」有天早上，太太為了添煤，拿著煤炭走進來，看著我這麼說。

我用鼻子「啪噠」一聲關上門。我實在太無聊了，便跟在太太添煤的腳步後面，在廚房四角形的灶邊和起居室的暖爐旁四處閒晃。當太太蹲在暖爐的小火門前面，清掉灰燼，並把那精細的黃銅外殼擦亮時，我就用身體在她溫暖的大屁股上蹭來蹭去。太太一邊工作，一邊斜著眼自言自語。

「要是那個壞心眼的二地主到這兒來，我就親手敲昏那隻貓的腦門宰了牠，絕不假手他人！」

好不容易等到某天晚上，吉姆大叔趁當班守夜的時刻，把我悄悄地帶到酒窖的蒸餾室裡去。亞瑟．凱特撫摸著我身上全新的傷痕，然後蹲坐在我面前，開始滔滔不絕的說教。

「聽好了！外面的男人都是危險的傢伙呀！不論是動物或鳥類，他們總都視之為自己的財產。你殺死了雉雞，又被那小子看見，這樣是會被處死的！我要是事先叮嚀過你就好了！如果你是在夜間撲殺那東西，並且在籬笆下面當場吃掉，那小子就會以為兇手是狐狸、貂或是黃鼠狼。偏偏你是在大白天下的手，唉，完全是個無可救藥的笨蛋呀！」

我「喵嗚！」地叫了一聲，以示抱怨。咱們酒窖的貓夜晚都在巡守，怎麼講出那種不可能的事情呢？

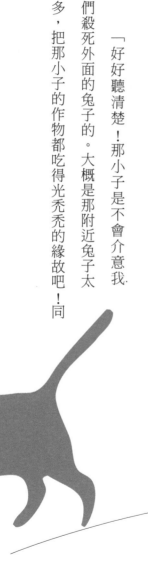

亞瑟．凱特砰地，撞了我一下，生氣地罵了幾句之後，又繼續訓話。

「好好聽清楚！那小子是不會介意我們殺死外面的兔子的。大概是那附近兔子太多，把那小子的作物都吃得光禿禿的緣故吧！同樣的，獵殺田鼠、鼴鼠、家鼠或小白鼠這類的東西，誰都不會管你。但是，要是殺死了這些之外的鳥類，外面的男人可是會開槍射你的啊！」

開槍射我？我還未滿兩歲，因此對這句話似懂非懂。

「那個傢伙拿著一根圓筒狀的棒子，不論是什麼東西，就算是天上飛的鳥兒也能殺死。因此，若是看見手持奇怪棒子的傢伙，一定要趕快躲好，不能被發現喔！外面那個男人為了找你，在酒窖附近徘徊，至今為止已經是第三遍了！」

我想到就毛骨悚然，像幼小的貓咪那樣一邊顫抖著，一邊虛弱地喵喵叫著。

「本來還以為那小子已經不會再來了呀！先前，那傢伙和經理吵過架、互相叫罵之後，就甩頭走了。」

因為酒窖貓咪們隨意進進出出而弄壞的鍍鋅鐵皮牆。

亞瑟．凱特的警告永遠是對的，因此我謹遵著她的教誨。然而，我經常覺得不可思議，為何在酒窖的發芽室和大麥倉夜巡的時候，從來不曾看見那拿著令人畏懼的筒狀棒子的傢伙出現呢？那小子躲著嗎？或者是因為太暗了，眼睛看不清楚？

不論如何，在那之後，每當我跳出酒窖那長著黑色黴斑的外牆時，總是會特別小心，只獵捕兔子和小老鼠之類的動物。頂多也只是和村子裡的公貓打架，追著母貓到處跑，快樂地泡妞「獵女仔」而已。

我有時候會怎樣都想不透，為什麼不能殺外面的小鳥呢？我困惑地問亞瑟．凱特。每當一發問，我的眼前就會清清楚楚浮現吉姆大叔的太太丟麵包屑，餵飛到庭院草地上來的白頭翁和麻雀吃，那難以置信的光景。

「外面的人類很喜歡鳥兒唷！因此你要殺小鳥，只能在夥伴們把誘餌撒到這裡來的時候喔！」亞瑟．凱特這樣回答後，又突然目露兇光，無比憎恨地繼續說下去。

「但是，如果是老鼠的話，不管在哪裡都可以，一見到就要立刻殺掉！」

說完後，亞瑟．凱特會「咕……」地呻吟一聲，伸個懶腰，聳起背脊，柔軟的腳底小心地踩上非常討人厭由金網子所鋪成的地面，不急不徐地走出去。

Chapter 4
End

第五章

野性的覺醒

對血氣方剛的公貓而言，光是派牠做守更夜巡的工作，是不能滿足牠的。自從三歲那年的某個夏夜，我和村子裡的其他公貓打架贏了三次，七、八次打成平手，並且兩次和母貓墜入愛河之後，某一天，我的內心湧起了前所未有的微妙情緒——想要遠離跟人類有關的一切，離家出走到某處去。

在那裡，與村中麵包店的可愛虎貓做愛的事情就暫緩，我先以村人為了挖掘煤礦而開出的通道做為目標，朝著從家中和村莊的道路上都看不見的地方走，到荒野深處徘徊流浪。第一個夜晚，我捉了一隻田鼠來吃，之後便到石南叢中呼呼大睡，與其說是睡覺，不如說是像字面上所寫的那樣「貓憩」——打著盹（catnap，假寐）。而後，我突然睜開眼睛一看，發現十五夜的滿月正在天空中散發著銀白色

的光芒。即使察覺週遭有些不知名的東西正在騷動，也立刻忘了那一切，完全沉浸在觀賞那渾圓、彷如盤子一般的滿月當中。就這樣，我不知為何熱血沸騰，感覺被某種不可思議的力量深深牽引著。那究竟是為什麼呢？在我成為了多少有些閱歷、上了年紀的貓的現在，才開始有一些些了解。

翌日天一破曉，我便又繼續著旅程。沒多久，來到南向的巍峨岩壁下方，一塊荒地上。岩壁的正下方，有著不少從懸崖上崩落，在冬天裡被凍出裂痕的岩塊正在滾動著。紅色的雷鳥在那兒自由地一邊呼嘯，一邊往天空中飛，那刺耳的叫聲，彷彿在說著：「回家吧！回家吧！」但是，我與生俱來的本能使我明白，雷鳥們並不是在對我說話，牠們只是在相互鳴叫、唱和。雷鳥們並沒有發現我，我在石南叢中斜著眼，一直眺望著那群雷鳥，尾巴尾端躍躍欲試地振動，然而卻不敢撲上去。那回被槍打中的衝擊和痛楚，以及亞瑟．凱特的警告，還清楚地殘留在我的心中，儘管四周圍並沒有任何人影，也沒有獵犬的蹤跡。漸漸地，我放鬆下來，不管再怎麼克制，我的喉嚨還是不自覺小小聲地「咕嚕咕嚕」叫著。然後，我躡手躡腳，偷偷靠近雷鳥們。

金黃色的羽毛、被白色的細毛包覆的兩隻腳、眼睛上方的肉垂，這些都是為了便於做那種仰天長嘯之後，跳起來飛躍到空中的笨蛋而生的。

我倏地撲上去，牢牢抓緊藏在翅膀裡面的軀幹，俯身抱住掙扎欲逃的對手打滾，並伸出兩隻前腳按住牠，讓牠動彈不得。接著，便張大嘴巴，一口咬下去！站在「吧嗒吧嗒」拍打翅膀、垂死掙扎的獵物旁邊，我真是心情愉悅啊！

喵嗚！剛剛捉到的小兔子，都沒有這般滋味哪！我立刻狼吞虎嚥起來。有一隻胸前長著灰色羽毛、目光銳利的頭巾烏鴉，飛到離得很近的地方，著迷地看著我獵殺雷鳥的情景，我偶爾會從獵物身上抬起頭來，「喵嗚」、「嚇！」地威嚇一聲，要脅牠別靠過來。那傢伙一直到我酒足飯飽都不曾靠近，而後我剛好又眼皮沉重、昏昏欲睡，於是就把一切烏鴉之類的事都拋諸腦後，沉沉睡去了。

這塊荒地，是我至今從不曾領略過的美麗境界，明明不曾到過，我的心情卻覺得好像回到很久很久以前在夢中去過，朝思暮想的地方一樣，而今已經不會想再夢見第二次了。如果對工作的責任感，沒有深植到我骨子裡的話（最終，我成為了基爾特的貓咪），也許我會選擇隸屬那個地方的那片荒原，作為我的居所。

填飽肚子以後我小睡了一下，就走到附近溪流一帶去看看。前腳踩在岸邊的青苔上，咕嚕咕嚕地喝著像水晶一樣澄澈、冰涼的流水，之後又嚼了一些青翠的藥草，蹲在岸邊悠閒地欣賞一條鱒魚游泳。當然，因為那條溪的流水太過冰涼，而沒辦法跳進去，不過不管在哪裡，我都不喜歡被水弄濕的感覺。但是，觀看著鱒魚的

浸泡槽中。為了供給大麥發芽所需的水份，必須將大麥浸在水中 2~3 天。

在 Huntly 的旅館休息室中的壁爐前面休息。
右後方可以看得到古代的威士忌酒瓶，和日本酒中的「德利」相似。

泳姿，心情都沉澱下來了，在那兒，我可以悠哉悠哉，沉醉於天馬行空的幻想中。

那天下午，四頭大型的動物來到溪流對岸飲水，那是赤鹿。就在我酒足飯飽，正出神地發著白日夢時，鹿群闖進了我的夢中世界。不知何時何故，我竟起了殺意——不禁想要殺掉那些鹿。雖然那是個不切實際的夢，但夢中的我是一隻力大無窮的貓，獵殺那種大型鹿，對我來說，就像在現實中殺死兔子那樣簡單！

成為連人類都敬畏三分、如同萬物主宰般自由的大貓的那個夢，揮之不去。喵嗚！至今仍未消散呀。

我發現溪流流經的地方之後，便涉水到對岸去，通過鹿群所在的地方（鹿群已不在我的視線範圍內），查看自斷崖邊緣崩落的岩塊。那裡有許多可以當作良好巢穴使用的洞穴，也找得到幾個殘留著其他動物強烈體臭的洞。我住進那兒，但是胸中卻塞滿了各種掛心的事：亞瑟・凱特、吉姆大叔、還有趁我不在家時，那批到處

亂闖亂逛的老鼠……，怎樣都無法鎮定、冷靜下來。

當時，天氣突然變得怪怪的，大概快要起霧了吧？當我一這麼想，天空就降下了冰冷的雨水。我身上的毛被淋得濕答答的，我甩掉雨滴，開始走回格蘭葛倫酒窖。

抵達酒窖時，已接近黎明時分了，到家之前，我一直有點提心吊膽。應該不會被亞瑟．凱特罵吧？縱使體格變得再怎樣強壯，我還是非常怕那個女人。我鬼鬼崇崇地潛入大麥倉，心虛地殺了一隻小白鼠，並且拎起屍體，排在亞瑟．凱特當夜的收穫——三隻大老鼠和五隻小白鼠——的旁邊。亞瑟．凱特吃了半隻小白鼠，只留下屁股和尾巴。我想到溫暖的蒸餾室去，故意繞道而行，正

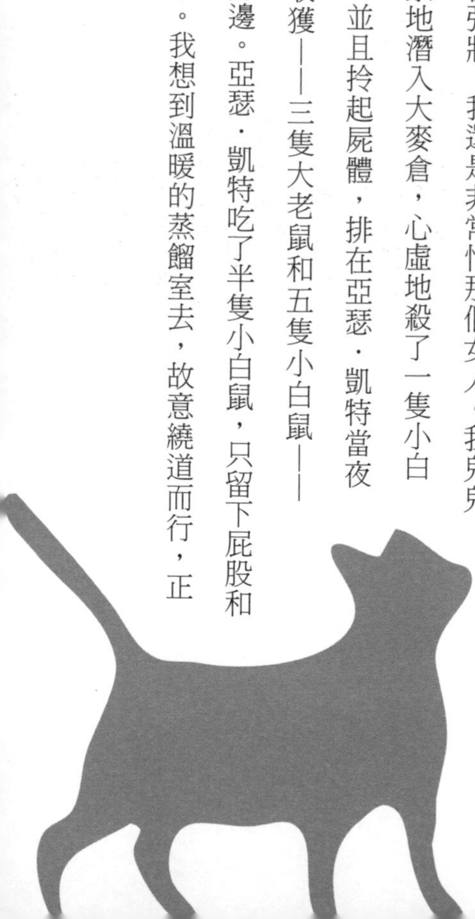

布萊阿托爾酒窖（Blair Athol）的「達奇」（Daky）。

當我鬼鬼祟祟沿著牆壁躡著腳走時，被蹲在木造樓梯下方等待的亞瑟·凱特逮個正著。她赫然出聲怒喝我，叱責聲震耳欲聾，眼珠子像要噴出火來。

「死到哪裡去了？又跑到村子裡！你這個懶惰鬼！」那個女人生氣地咆哮。

我後來終於體悟到她是在擔心我是否被車子撞了？還是中了圈套？或者被槍枝擊中？然而，無論如何，當時的我還太年輕而沒有遠見，所以起先不懂得該怎麼好好解釋才對，只光會「喵—喵—」叫著（實在很丟臉，那是公貓用來求愛的叫聲），來引發那個女人的注意。「喵—凹嗚—！」我向她撒嬌。

聽到那叫聲，亞瑟·凱特氣得怒髮衝冠、背脊拱起，她兩耳向後貼，朝我撲過來。

「喵什麼喵！噁心死了！」那個女人嫌惡地說。

被亞瑟·凱特趕出去後，我一整天都繃著臉。我，真的稱得上是夠格的、強壯的公貓了嗎？跟別處的公貓比起來豈會遜色？雖說我偶爾也許會使些狡詐的伎倆，但不管是哪裡來的公貓，我都能將牠打得落花流水。儘管如此，當那個女的走過來，散發出誘人的體味時，為何不向我展示她曼妙的體態呢？為何不讓我擁抱她呢？

真是白活了！我怎能如此狂妄自大？不過說正經的，直到現在為止，我對母貓總是見一個愛一個。就算如此，只有那個女人，才是我心目中最重要的人！可惜，卻也是自始自終老是拒絕我的對象。大概是那個女人心裡，總是藏著屬於自己的祕密吧！

喵—嗚—，不！亞瑟·凱特只是我的養母、老師、教練，有時候還扮演我的朋友和護士，總之，並沒有超越這些身分以外的關係，喵—嗚—，真可惜哪！

Dufftown 蒸餾廠。在酒窖圍牆前巡邏的基爾特貓咪。

咕嚕……，像這樣拿那個女的做話題實在是不太好！欸，離題囉！好想到茶水間的桌子上，用腳底磨磨爪子哪！待我弄一弄之後，再繼續說吧！喵——！

我們酒窖貓狩獵的技術是出了名的。然而，外面的傢伙無論如何都要限制我們，不准我們自由打獵，我們也覺得相當遺憾，捉到雉雞、雷鳥、歐洲大雷鳥、兔子等獵物，都不能帶回酒窖，和同伴們一起大快朵頤。不過即便如此，咱們酒窖貓在人類周圍所有的「貓」當中，依然是最棒的狩獵健將！這都是拜我們的教育、訓練、紀律和直覺所賜。

被認為僅次於格蘭葛倫的努斯的狩獵能手，大概是基爾特成員中一流的獵人——格蘭葛尼（Glengoyne）的大公黑貓吧！那傢伙雖然有著「威士忌」（Whisky）這麼一個通俗的名字，但的確非常壯碩，體格大致跟我差不多。而且，帶有其他貓難以望其項背的身手，實在是頭腦相當不錯的獵人。

舉個例子，這個格蘭葛尼酒窖製造的威士忌，擁有自己專屬的酒桶。那是立著放在某個角落，上面沒蓋蓋子的空酒桶。威士忌常常活捉兔子，然後把牠帶到這個酒桶旁邊。接著，牠會先仔細瞧瞧有沒有目擊者在場，確認過後，就叼起兔子跳到半空中，丟到酒桶裡面去——就這樣把先前獵到、可憐兮兮的小兔子，連皮帶骨都一起放了進去。

等到肚子終於餓了，威士忌就晃回酒桶旁邊，跳進桶子裡殺死兔子，悠閒地用餐。

喵嗚！我真想在這種時刻會一會威士忌，他肯定是個有幽默感的時髦傢伙，不會錯的！即使沒事先告知，在那種年輕氣盛的時代，雖然只是說想「會一會」其他公貓，但真

正見了面，也許會幹一架也說不定。但是，喵嗚—，現在我嘴裡說的「會一會」，就真的已經只是瞧瞧彼此、天南地北的閒聊而已哪！

獵兔子是我們酒窖貓最重要的全民運動。格蘭菲迪（Glenfiddich）那隻叫做「布魯伊」（Bluey）的母貓專捉兔子，同一酒窖裡，還有一隻叫做「玩笑」（Joke）的老貓，雖然牠是一隻被切掉了男性重要部位的可憐夥伴，但是狩獵的功夫依舊十分精湛，牠會在夏天悄悄踱步到菲特克林（Fettercarin）附近河流的岸邊，捉一兩隻兔子回來。除此之外，還有好幾匹狩獵高手。巴布萊那些總是賠本的公貓當中，毛色灰白相間的「威士忌」（那種普遍又沒智慧的名字是人類取的，不是我們的錯）也是赫赫有名的獵兔好手。然後，走到格蘭蒙朗吉去看看，則會發現名叫「薩多．布雷克．旺」（Zat Black One，別名「黑助」）的貓、名叫「生薑」（Ginger，別名「紅茶」）的貓，還有叫做「史迪爾倫．凱特」（Stillroom Cat，別名「蒸餾室貓咪」）的貓，族繁不及備載……。大家輪流出外打獵，帶獵物回酒窖加菜。喵嗚—，咱們大夥兒都這麼做。總歸一句，幼兔的腸子，跟小白鼠的比起來，滋味要遠遠好得多呀！

沒錯！咱們大夥兒都是老鼠獵人、撲殺鼠輩的行家。

我的技巧會特別高明，大概是因為血統的關係吧！請看，我的毛色大致上是黑的，腳尖是白的，而鼻尖是茶色的；尾巴比一般的貓短，毛髮蓬蓬鬆鬆，而且體型龐大不太像貓，頗有份量。現在因為上了年紀，囤積太多脂肪而變得虛胖，從前哪，無論再怎麼掩藏，都不得不露出背脊上突出的筋骨來。不過，即使瘦成那樣，一遇到緊急時刻，還是三兩下就能輕易將村子裡那群遊手好閒的一兩隻少年流氓貓，打得哭爹叫娘唷！喵嗚……，真不賴！也許對手根本沒想到會遭到我的亂拳痛擊。喵嗚—，啊哈哈哈！咦？我又離題了啊？我想說的是，我的身上十之八九，一定流著純正山貓的血液。

事實上，這是吉姆大叔老是掛在嘴邊的話。

Chapter 5
End

第六章
酒倉中的浴血之戰

裝入橡木桶中「陳年」（譯註：製造威士忌酒的必經手續）的威士忌，被搬進陰暗冰冷的狹長建築物中，門禁森嚴地鎖了起來。最少也要三年，大多會是更漫長的時光，威士忌酒桶就這樣被放倒在這裡。那段時間裡，威士忌酒汁一點一滴滲入橡木桶的紋理中，產生對我們貓咪而言太過嗆鼻的香氣，酒倉中因此充滿了濃郁的氣味。酒倉地板是由堅硬的土壤舖成的，上面疊著兩層到三層的威士忌酒桶。那裡除了威士忌酒桶之外，什麼都沒放，是個幽暗、只有塵埃和蜘蛛絲的地方。咱們貓咪對那種地方不屑一顧，因為那裡看不見獵物的蹤影。至少，我們是這麼認為的。

在格蘭葛倫，有位來自「稅務署」的人類基爾特成員，是個人雖不壞，但卻稍嫌傲慢無禮的男人。他的名字是馬金雷先生（Mr. Mckinlay），其他人有的這麼稱

呼他，有的則喊他「稅務署的人」，兩者兼有。馬金雷先生身穿長袖上衣、頭戴別著徽章的制服帽，老是到酒窖這一帶來。酒窖的男工人從蒸餾槽裡把新酒裝進橡木桶的場所旁邊，通常會設有一間小小的事務所。馬金雷先生就把一大串鑰匙吊在腰帶的大扣環上，也不見他做些什麼別的像樣的工作，老是帶著資料夾、紙張、鉛筆和那串鑰匙，到事務所來坐。我對這個男的到底是幹什麼的，完全摸不清楚，但可以肯定他絕對不是壞人。

馬金雷先生空閒的時間非常多，因此，常常把我或亞瑟·凱特叫過去，一邊搔搔我們的喉嚨，一邊跟我們講一些不怎麼有趣的話。在酒窖當差的貓咪，大抵上都是如此——我並不介意被放在人類溫暖的膝頭上，但卻極端討厭被捧在臂彎中。不過如果是馬金雷先生，我就完全能夠接受。他的身上雖然不時沾著狗臭味及煙斗中的香煙味，但是那不打緊，因為他經常會預留一片三明治裡的培根，來款待我們。

某一天，下午茶的時間，我走到坐在事務所的馬金雷先生那裡（馬金雷先生通常一個人獨自喝茶，有時也會和經理一起喝），馬金雷先生向我搭話，說是倉庫裡有一個老鼠窩。

「喂，努斯，五號倉庫中有老鼠窩喔！」他這樣說道。

布萊阿托爾酒窖（Blair Athol）的「達奇」（Daky）。

我耳朵豎得跟針一樣尖，領悟地「喵──」了一聲，直勾勾地盯著馬金雷先生的臉看，但是，秉持著人類一貫的愚鈍，馬金雷先生誤以為我是死皮賴臉地想向他再要一片培根。

「喂，喂，努斯，你這傢伙老是追在村子裡的母貓屁股後面跑，這樣很好！要不然就變成豬了。」

自己講無聊笑話，兀自笑一笑，馬金雷先生又給了我一片培根。我是隻識大體、知進退的貓咪，當然落落大方地領受了。馬金雷先生把我帶到五號倉庫，打開門鎖，卻不讓我進去，導致我沒辦法進行巡察工作，為此，我憤憤不平。咱們基爾特的貓咪，對於培根或是打獵或許稍嫌三心二意了點，但提起工作，一直以來都是相當認真的。喵嗚──，只有對工作，我們是無可救藥地投入呀！

馬金雷先生自己拿著鑰匙，猶豫著要怎麼把我塞進牆壁太厚實的酒倉中，而我自己也不知如何是好。攻打藏有幼鼠的老鼠洞，即便是天時地利人和，也是一件困難的工作。那幫傢伙一躲進狹小的角落，貓咪們就無法隨心所欲地大展身手。而且，提起發現幼鼠被侵襲時的母老鼠，那簡直就是母夜叉呀！但是，趁著幼鼠視力還不健全、無法抵抗的時候，襲擊牠們的巢穴，把牠們全都殺光，可真是比什麼都大快人心哪！母鼠一年生產五次，每次都會生下十隻以上的幼鼠。三個月後，那些幼鼠一個個長大成人，又各自生下自己的孩子。因此，我們這邊可是連一刻都不得馬虎唷！喵嗚，你說是不是呢？無論如何，都非得要儘早刺探出鼠輩巢穴的下落，一舉消滅牠們不可！

那些害蟲當中的小白鼠，會在敵人難以深入的陣地裡，以超越敵人的速度蔓延。那幫鼠輩一年生產十次，每次生下五、六隻左右的幼子，那種小小鼠輩只要六個星期就能獨當一面，並且能孕育他們自己的後代。這類傢伙也是一些會吃得滿地都是、到處大小便的惡黨，不過，滅絕牠們是一場遊戲，算不上真正的戰鬥。只要沉住氣、不要輕敵，就能阻止牠們繼續蔓延下去。

不用說，咱們貓咪基爾特的成員，都清楚了解使用毒藥或毒氣來抑制害鳥和害獸，是當今的趨勢。但是，那樣的做法對酒窖而言，卻會造成一些負面的影響。這種所謂現代化做法的酒窖，出產的威士忌跟從前相比，無論是味道或銷售量都在下滑中。欸，酒窖還是需要貓咪基爾特的，我就說嘛！

話說回來，我向來很可靠。為了證實馬金雷先生說的話，我展開了偵察。但是，由於進不去五號倉庫當中，所以我就專心在外部尋找蛛絲馬跡。牆壁上的灰泥已開始剝落了，因為石材本身凹凸不平，所以到處都是小小的縫隙。種種線索當中，那些鋪在路面上的碎石子，雖然因為被雨水沖刷過而變得相當乾淨，但確實存在著老鼠的腳印和氣味。那些腳印直直穿過倉庫與倉庫之間寬敞的通道，一直延續到倉庫門框中間，窄窄的橫條上。就在那附近，排水管的陰暗處，有一個洞。

我立刻把這件事向亞瑟・凱特報告。

「那幫十惡不赦的傢伙！」那個女的火冒三丈、咬牙切齒地說著。

「竟敢在我們平常巡視的區域之外、連人類也不太去的地方養兒育女！一定每晚都出來覓食。」

亞瑟・凱特站在原地伸長了身子，又繼續說下去。

「我剛到這兒來的時候，也有類似的事情發生。但是，那時是大型的母貓頭鷹，在廢棄乾燥室的排煙塔上築巢，睜大眼睛盯著在建築物之間跑來跑去的東西呢！」

「後來呢？那些貓頭鷹現在在哪？」

在格蘭葛尼酒窖（Glengoyne）冷卻塔一帶巡邏的「威士忌」（Whiskey）。

「那個塔太舊太小了，所以人們把它取下來毀棄了。現在的塔是重新改建過的新塔喔！你到現在都還不知道嗎？貓頭鷹已經不在了呀！」

「那現在的塔，貓頭鷹不能使用嗎？」

「笨蛋！鳥類和我們一樣討厭泥炭的煙味。總之，我們小心點，非得盯緊不行！」

「你預備要到那個洞穴旁邊守株待兔嗎？」

「不，那樣太費工夫了，那個空檔，其餘的惡黨們一定會高興地把酒窖鬧得天翻地覆。比起來，還不如等那個稅務署的人把門打開時再過去。等門一開，我們其中一個就跳進去裡面調查。然後，另一個到門口去堵那些想逃出去的傢伙。」

我們等了兩個禮拜。那是定時執勤之外，額外添加的麻煩工作，而且，每當一想到倉庫裡面的小老鼠們毛可能都長出來、眼睛也睜開了，就快要沉不住氣。在等了又等之後，那一天終於來到。馬金雷先生一手提著夾在一起的資料夾和鉛筆，掛在腰間大扣環上的鑰匙串，發出「喀啦、喀啦」的聲音，領著一組男工人，向五號倉庫走來。一臺大卡車在倉庫前面煞車，停在傾斜的路面上，準備把沉甸甸的酒桶搬出來。

「這次你先進去！」一聽到亞瑟．凱特發出命令，我就一溜煙地鑽到男人們的腳下，跑進最前排發黑的大酒桶那裡。酒桶中陳年的味道，是被放倒在那兒長達十五年的結果。因此，酒桶之間都是蜘蛛絲。木頭的香氣和泥炭的煙味混在一起，形成一股溢著甘香的奇妙臭氣，繚繞在酒倉之中。任憑我再怎樣睜大鼻孔嗅，似乎也聞不出敵人的體臭。

但是，那幫傢伙果然還是留下了腳印。從內牆的洞穴開始，沿著放置酒桶的木檯走，從這個酒倉裡看起來最古老的酒桶下面穿過去。

「不行！這是個存在已久的大本營，不是普通辦法能解決的。」我思量著。

從前面遠遠的走道上就看得見，這裡到處都是老鼠的糞便。我匍匐著、耳朵往後貼、在粗粗的木桶紋理上摩擦著鬍鬚、然後睜大眼睛張望著四周，小心地深入其中。這樣做之後，我不再感到那麼棘手了。但是不一會兒，我就察覺到幼鼠在悉悉索索地蠢動著。

那一窩幼鼠，擠在位於牆腳下，用草、毛髮和乾掉的青苔築成的巢穴中，眼睛已經睜開了，毛也長齊了。這地方實在

是無比狹窄，我連站都不能站，就這麼匍匐著身子，伸出一隻前腳，張開爪子去捉那些小傢伙。抓起來拖到一旁，啃下去！抓起來拖到一旁，啃下去！嘎、嘎、嘎！顫抖掙扎的小傢伙們哪！我殺了兩隻，剩下的逃進牆邊櫃子下方的小小縫隙裡去了。不准逃！我張大爪子怒吼一聲，其中一隻幼鼠跑過來咬我的前腳，然而我卻因為太過惱火，一時出不了手。就這樣，少說有七隻小老鼠，逃到我鞭長莫及的地方去。

當時我敏銳的耳朵，聽到某種有份量的東西，正朝著這邊飛快地奔過來。聽見那奔馳的腳步聲，我頓時變得驚慌失措，掙扎著想向後轉，不料，屁股卻塞在洞穴中，一動也不能動。這時候，我真的覺得自己的重要部位，可能會被那污黃的尖牙嗑得一乾二淨。在酒桶的木紋上把毛擦乾淨，掙扎了又掙扎，終於成功轉身向後時，我清楚聽到那露出了爪子的腳步聲，已經非常靠近我了。

就在我轉頭向後，想要看清楚那是什麼的時候，發現兩隻像煤球一樣閃閃發亮的眼珠子、血盆大口、外露的尖牙和魁梧的雙肩，就近在我眼前。嗚哇—，好大！那

泡過水之後，運到發芽室地板上的大麥。
這個時候，小鳥對威士忌酒廠而言，就是頭號敵人了。

是隻我從未曾見過的巨大怪鼠。再也沒有比那種龐然大物的眼睛，更加恐怖的顏色了！瞧牠一臉詭計多端的樣子，真的非常可恨。那傢伙在「滋——」地高叫一聲當中，停下屏息奔跑的動作，迅雷不及掩耳地撲向我。我失去平衡，踉踉蹌蹌，死命揮舞著前爪，扭動著身體，好不容易才躲開敵人猛烈的攻擊。我怯懦地呻吟著，正在搬運酒桶的男工人發現似乎有些不對勁，而我則把亞瑟・凱特的教誨忘得一乾二淨，整個身子團團轉著，因為過於慌張，竟咯吱咯吱地爬到酒桶上。在酒桶下面的怪鼠，突然踮起後腳尖站著，以嘲弄的眼神斜睨著我，然後像箭一樣地跑回巢穴。過了兩三秒，幼鼠們跑了出來，在酒桶的木檯之間，明目張膽地亂竄。

哎呀，大騷動！

「嗚哇——！有老鼠！小心啊！喬治。」

「馬金雷先生！在你後面！」

「那隻掃帚借一下！」

「貓、貓！貓不在嗎？！」

「喂，這裡有一隻大的嚇死人！嗚哇—，這東西，簡直是兔子吧！」

那些鼠輩一跑到門口，亞瑟．凱特就撲上去。那個女的讓一隻幼鼠連續翻了三個筋斗，在半空中轉圈圈，等到快要落地的時候，用她那隻像釘了鞋釘似的爪子，「啪町」一聲打過來，把牠打得頭破血流。

我多少也已經有年紀了，那天發生的事情亦慢慢地遺忘了。然而，對於自己那天的表現，我至今仍耿耿於懷、相當自責。如今，我也是身經百戰的老將了，知

格蘭葛尼酒窖（Glengoyne）的「威士忌」（Whiskey）。
這個房間是酒窖工作人員的茶水休息室。

道自己在某個瞬間，敏銳的心會像是完全被凍結一樣，頓失判斷力。現在我驀然回首，那個時候，我在狹窄的地方動彈不得，心中盈滿無法全身而退的恐懼。我想，我畢生只有這一次，成了膽小鬼。我明明是個吵起架來鬍鬚一根也不會掉的強勢公貓，卻在酒桶上嚇得呆若木雞——而下面，體型比我小的母貓亞瑟·凱特，卻堅毅地與之決戰到底。要是亞瑟·凱特當時發現了這件事，或許會向基爾特報告也說不定。那樣的話，我搞不好會被除名。但是，那個女的並沒有發現杵在酒桶上的我，大概以為我正在酒倉之中殊死作戰吧！

那時候，有兩個酒窖的男工人——兩個人都有點呆呆的，也不把這個騷動當一回事，就只是把裝滿威士忌的酒桶搬下來，往門口那邊滾過去，而怪鼠也擠到門口，想要跑去外面。馬金雷先生一看到，怪聲怪氣地尖叫起來，連忙拿與命根子差不多重要的筆記板砸過去，又懊悔萬分地撿起來。怪鼠從滾動中的酒桶前面飛奔而過，亞瑟·凱特則緊追在後。那個女的腳步確實有點落後。聽見她的悲鳴，我猛然回過神來——那女人的後腳被滾動中的酒桶邊框壓住，一隻腳的腳墊和三根腳趾頭全被壓碎了。那麼嚴重的傷也不能搓揉，那女人的血就那樣一滴一滴，淌落在路面的碎石子上，而且，她還繼續在大卡車下面，追逐著那隻怪鼠。我雖然也想去追殺那隻老鼠，但是不救那個女的不行哪！於是，我毫不考慮地停住腳步。

「追！追！快去追呀！」那個女的怒火攻心地大吼。

但是，終究還是讓那隻渾蛋怪老鼠給逃掉了，我自責不已，一邊垂頭喪氣地喵喵叫，一邊走回去。馬金雷先生已經把亞瑟・凱特抱起來了，正在斥責那兩個搬酒桶的男工人。

「蠢貨！你們把酒桶滾到這隻貓腳上去了啦！沒看到她正在追那隻噁心的怪老鼠嗎？」

馬金雷先生平常不是會那樣罵人的人，只是當下一時火大，才會如此失態。亞瑟・凱特澄澈的眼睛中，流露著難忍的痛楚，但是即使如此，她頸部周圍的毛髮還是直挺挺地聳立著，展現出不衰的鬥志。

「貓兒受傷了，快帶去辦公室！」不知道是誰大喊。

「去把吉姆大叔叫過來。」另一個男人這麼說。

「笨蛋貓咪！這本來就不是妳該來的地方！」運酒桶的兩個男工人其中之一，竟口出惡言。他只是四肢發達，看起來根本就是一副蠢樣。

「這話要是讓吉姆大叔聽見，一定把你狠很摔到地板上去。」馬金雷先生把亞瑟・凱特抱在手腕上，責備那個男工人。

那個女人的血，啪答啪答地，滴落在馬金雷先生的長袖上衣上。

那個男工人嗤之以鼻，其他的男人們則生氣地怒罵他。就在此時，馬金雷先生把亞瑟·凱特帶到事務所去。

那個女的搭上車，被載到提著黑色大袋子到來、替我將子彈從腿部取出的人那裡。那個人一定會盡可能醫好她的，因為吉姆大叔也一道去了。吉姆大叔是堅持要讓格蘭葛倫酒窖的貓咪們，接受最好治療的人。然而即便是這樣，那女人的腳趾頭有兩根已經不見了，另一根則嚴重彎曲。從今以後再也不能像以前那樣，跳到高高的地方上了。

喵嗚—，真不知道我們貓咪，託那些愚蠢人類的福，還要受多少折磨呢？

第七章
烘烤室的拳法

連續好幾個月，亞瑟．凱特都在為傷口的疼痛所苦。不僅是因為被圍繞在蒸餾器和發酵槽四周地板上的金網子纏住而痛，更因為地面上的泥沙一而再、再而三跑進傷口裡而不舒服。那女人的個性，是無論如何也沒辦法放心把工作交代給我，自己落得輕鬆的那種性格。所以每天早晚，她仍挺著日益嚴重的傷勢，執行著巡視的勤務。

「那傢伙絕不是一隻等閒的老鼠！那種壞，是船隻老鼠的劣根性。牠是隻外國鼠，一定是的！像那樣在這一帶橫行霸道，是外來的傢伙才敢做的事呀！肯定是隻外國鼠，錯不了的！」

當時，我對那個女人抱持著很大的偏見，至少對「那隻怪鼠是外國鼠」這個偏見，覺得有些奇怪。那女人自己，不就是因為擁有埃及貓的血統，而一直覺得很驕傲嗎？這姑且不提，但逃掉的那隻老鼠，確實比我們平日獵殺的那些鼠黨，要來得更碩大、更強壯。那傢伙至少已經孕育了三、四胎幼鼠，卻成功地避開了我們的耳目……，我光想到就毛骨悚然。

某個早晨，我和亞瑟·凱特因為一起徹夜執勤，愛睏得要命。掃光了牛奶和公司給的伙食之後，我洗一洗臉、伸個懶腰，正想要大睡一覺時，亞瑟·凱特卻走過來，叫我跟她到外面去，不要讓別人知道。

「過來！有東西給你看。」

「喵──，我好睏喔！」

「過來就對了，是工作！」

既然那個女人這麼說了，我就只能照著做。因此，我跟隨她走出蒸餾室，穿越中庭，通過倉庫之間的走道，翻過石牆，渡過溝渠，沿著矮樹籬走。一走入荒野中，我就格外小心翼翼地觀察四周，因為這裡離我被那個二地主槍擊的地點很近。雲雀高高飛翔、蝴蝶輕飄飄地飛舞著，陽光很和煦，我根本忘了捉老鼠的事，只想舒服地睡一覺。

「到底要去哪裡啊？」

亞瑟．凱特沉默著，心情不太好似的甩著尾巴，慢吞吞地往前走。

終於來到低矮的石牆，這是人們經常蓋在牧場四周的那一類石牆（也是守株待兔，等著捉野兔的絕佳場所）。我在牆邊站定，牆壁的裂縫發出令人介意的臭味：在荒野上匆匆奔馳的動物體臭、貂身上強烈的臭氣、野兔的味道等。

「過來！」亞瑟．凱特大喊，跳到牆頭上，嚇壞了灰鴉。灰鴉在另一邊的牆緣用力振翅，嘎啦嘎啦叫著，落荒而逃。我也跳到牆上，心中暗忖：如果那個女的帶我出來是準備要打野兔的話，那我應該要讀一讀「偷襲兔子指南」，學一、兩個絕招才好。

「看下面！」亞瑟．凱特指著下方說。

格蘭葛尼酒窖（Glengoyne）的「威士忌」（Whiskey）。這個房間是酒窖工作人員的茶水休息室。

原來如此，牆腳下，躺著一具不知是何種動物的屍體。體型比兔子還大，腿細細的，毛色呈現怪異的白色。

「啊！那個我見過唷！差不多是現在這個季節，常見到牠們在牧場裡晃來晃去。母親的體型都很大，看起來有點笨笨的，是胖嘟嘟的白色……」

亞瑟．凱特「喵嗚—」地叫了一聲，封住我的嘴，然後說道：「喔？那是小羊囉！」

「但是，不是死了嗎？那屍體也放好幾天了吧！」我故作驕傲、噤聲不語，然後把臉別開，一邊回著話。

那個女人偶爾喜歡佯裝不知情、當作沒看見。

「過來瞧瞧吧！並不是要你看這個。」

「真是臭得受不了啊！」我一忤逆，她馬上嚴厲地瞪著我。

我無可奈何地屈服於腐肉的臭味，然後一個漂亮的轉身，躍下牆頭。

「再往前走，好好看著！是別的東西喔！」亞瑟．凱特以嚴厲的口吻命令我。

我再次「喵——」了一聲表達心中的不快，然而卻發現我們正在畫著圓，遠遠繞了一圈，又走回原來的地方。

突然間，我大吃一驚，回過頭來看著亞瑟．凱特。

「有敵人！敵人的臭味殘留在這裡！」

「對、對，就是那樣！是那傢伙、那隻怪物！竟帶著小老鼠來吃屍體的肉！那傢伙為了吃腐爛的肉，大老遠跑到這裡來，而在酒窖消聲匿跡。太可怕了！超乎想像的可怕！」

我一回想起那天的事，就毛骨悚然。

「那傢伙長得比妳還大隻，比妳這隻母貓還大！」我不假思索脫口而出，慌慌張張地退到一旁，顫抖著身子嗅著老鼠的腳印。

「難道那傢伙攻擊小羊嗎？是那傢伙殺了牠嗎？」

「我想不是的，這種叫小羊的動物很孱弱，經常像這樣死掉。但是老鼠會到小鳥的窩去襲擊小鳥、捕捉牠們。經我調查，老鼠臭的腳印連大麥倉的屋簷上都有。更可怕的是，那幫傢伙竟然連小白鼠等自己弱小的同類也殺害，而我們卻束手無策！除掉弱小的族群，剩下來的就變得更強了，接下來我們非得奮勇殺敵不可！不能不殺掉那隻為首的大老鼠與那群幼鼠。我們絕對不能輕敵，記住了！」

聽到這番話，我不禁想，要是那隻母貓頭鷹在就好了！不，甚至連那個帶著獵狗、會開槍的二地主來，我也相當歡迎。

那天，我和亞瑟．凱特苦等了一晚上，卻徒勞無功。

接下來第三天的清晨，在茶水間，與當夜班的男人們作伴時，勉強吞下了一盤難吃的點心和一杯牛奶，然後，我走到乾燥室的排氣塔那一帶閒晃。乾燥室裡面有一個大大的鍋爐，一天二十四個小時都燃燒著泥炭，燒出的煙冉冉上升，飄到地板

「我們哪，從不向人撒嬌叫他們抱抱！」

用金網鋪成的樓上房間去。金網上晾著在發芽室處理好的麥芽。從這個房間上方，一眼就可以看到為了排放泥炭冒出的煙，而設置的小小煙囪，穿過天花板，往屋頂上去。這個排氣塔，就是麥芽威士忌酒窖的標誌。一般來說，塔內並不在我們巡視的範圍之中，我們都認為由於泥炭煙太嗆鼻，害鳥或害獸並不會靠近。但出乎意料地，我聽到塔內傳來小動物莫名的騷動聲。

因此，我先走進烘烤室查看，爐火幾乎都快熄滅了，而我並沒有發現奇怪的生物。樓上地板晾的麥芽已經瀝得乾透了，窸窸窣窣的微弱腳步聲，就從那裡傳來。上面的地板上，的確有東西存在。

我納悶著那是什麼，一腳一腳跨上木樓梯，慢慢地爬上去。

門又低又小，而且重得不得了，我使出吃奶的力氣用腳爪和鼻端推開。房間裡的煙直衝我的腦門，而破曉時分雖然霜寒露重、天光朦朧，但麥芽堆依舊是溫暖的。那陣煙的味道和觸感，就跟男工人們在用餐時間拿著煙斗或雪茄吞雲吐霧過後，茶水間縈繞的煙霧一模一樣。我被煙燻得睜不開眼睛。但是，我那作為獵人必備的直覺，突然間又敏銳起來。有細微的噪音，我的尾巴頂端，機警地捲了起來。

牆腳及地板上的煙霧是如此濃密，我彎低身子匍匐前進，竟發現有茶色的生物正在四處流竄。東一隻、西一隻，又一隻、再一隻！我勇往直前，在麥芽堆上挺進，潛入那些傢伙當中。敵人一家子，完全沒料到貓咪會來這兒，竟然像漁港拖曳機後面群聚的海鷗一樣，抖動著身子，貪婪而忘情地大嗑麥芽。我先讓一隻身受重傷，接著又去追另一隻，把牠逼進死角。一看到那個傢伙向後轉，用後腳站立，我就瞄準牠喉嚨，一口咬下去。我緊接著前腳一揮，給那傢伙一記拳頭吃，然後用另一隻腳，再給牠一拳。跟著又抬起後腿，使勁往牠的肚子踹下去，由於力道過猛，那傢伙的腹部裂出一道開口，看得出來足以致命。然而，也不管傷勢如何，那傢伙依然拼命掙扎抵抗，身子一縮，從我的利爪下逃了出去，又回過頭來死命咬我的一隻前腳，再一溜煙地從門口跑走，一次下五個階梯，嚇壞了看守鍋爐的男工人。那

格蘭菲迪（Glenfiddich）酒窖的「葛蘿莉亞」（Gloria），在壺式蒸餾器前面小憩。

個男人大吃一驚，叫了出來。

我緊追在後。那傢伙想回到洞穴裡去，翻越烏黑的泥炭堆，卻被我擋住了去路。牠看情況不對，轉向外面，想要穿過中庭逃亡。正好有五、六個男人剛從茶水間走出來，理所當然，那些夥伴們，目睹了黑衣獵人——嗯哼，就是在下我，奮勇退敵的事蹟。

我的手下敗將慌忙爬上排水管，我哪能容許牠這麼做，立刻伸出爪子撲上去，敵人拖著身子滑下來，氣得吱吱亂叫，然後又站起來面向我。我也是第一次進行這麼激烈的格鬥，戰鬥的本能猛然覺醒了。「喵嗚——！喵嗚——！嗚——、嗚——、嗚——！」地吶喊著，我狠狠揍了那傢伙三拳，用爪子緊緊抓住牠的脖子，往差不多是我身體三倍那麼遠的對面中庭丟出去。敵人還想逃，我飛撲過去，張開血盆大口，毫不遲疑地咬下去。

看那傢伙垂死掙扎，心情真是愉快呀！我往後坐下，一邊用前腳擦著臉，一邊專心地欣賞這個畫面。

有個男人從烘烤室拿著鐵鍬走出來，發出驚嘆聲：

「努斯，幹得好！好厲害啊！」

然後「槓！」一聲，用鐵鍬朝那隻老鼠揍下去，殺死了牠。真是多管閒事的傢伙！我生氣地撅起尾巴，離開現場。

翌日，在茶水間裡，勤務交接時，好幾個男人都在談論著我的英勇事蹟。

「哎呀呀，那是隻連我都沒見過的大老鼠，是跟黃鼠狼一樣狡詐的傢伙！而咱們家的努斯就像專業摔跤選手一樣，整得牠慘兮兮。真是行家也比不上的拳法哪！

鉤擊、踢、揮拳，把那傢伙丟到中庭的正中央去，又猛烈撲上去。」

還有一個男人從報紙的體育新聞版中抬起頭來，幫忙講解。

「對呀！那隻貓咪的『抓技』真的很強，的的確確是個高手。沒想到那隻大老鼠，居然會爬到烘烤室的二樓去！」

「至今為止，還沒有老鼠上去過那裡呢！大概是趁亂混進去的吧！不過，努斯都確實幫我們消滅了那些傢伙，對吧？」

「努斯真是隻乖貓！來吧，給你

沙丁魚吃！這傢伙最喜歡沙丁魚了。」

「不過，牠好像比較想吃老鼠吧？」

「你要吃嗎？」角落裡一個男人冒出這句話，中斷了這個話題。

酒窖的男人們認同我的格鬥技和勇猛，真的挺不賴的，但是一想起自己以前的懶惰，就覺得有點丟臉。非但如此，我還知道人們都沒發現一件事：我殺死的老鼠確實是隻大老鼠，一般的老鼠根本比不上，但是，牠年紀還很輕，才剛生下來四個月而已，並不是那隻怪鼠，只是牠其中的一個兒子。

年紀輕輕戰鬥力就那麼強，那牠的雙親，肯定是跟惡鬼一樣的傢伙！一想到這裡，我的心情不禁低落起來。

但是那時候，覺得把男人們的注意力從我身上移開實在太可惜了，所以吃完沙丁魚之後，我就輕輕躍上長椅，坐到給我沙丁魚的男人身邊，一邊讓他撫摸我的頭，一邊舔舐前腳的傷口。被敵人咬過以後要特別注意，弄不好是會化膿的。

長椅上的坐墊雖然不怎麼乾淨，但好處就是非常柔軟。我的喉嚨發出咕嚕咕嚕的聲音，開始打瞌睡……。

Chapter 7 End

第八章

亞瑟・凱特的大限

製造威士忌的過程中，威士忌蒸餾廠會排出溫溫的冷卻水。格蘭葛倫酒窖就利用這種溫水，來進行小黃瓜和番茄的溫室栽培。在我看來，這種水可以做更有趣的運用，「好羨慕其他酒窖呀！」我總這麼想。譬如說，特姆度酒窖（Tamdhu）就用冷卻水來養殖虹鱒、托馬汀酒窖（Tomatin）則用來養殖鰻魚……，對我們貓咪而言，這麼一來，就多了些遊戲的題材，而且，鱒魚吃起來也很美味呢！我們酒窖的經理，如果可以不要種那些平淡無奇的番茄之類的東西，而養些活跳跳的動物，不是更好嗎？大概是我真的不了解何謂人類的喜好吧！例如，到底為什麼大家都這麼愛喝那種叫做威士忌的東西呢？

亞瑟・凱特和我，已經發現怪鼠以令人意外的兩個場所作為根據地。接下

來，要是沒有察覺牠在搞破壞或進行掠奪的話，是絕對不會發現牠的第三個巢穴吧？我倆自從發現前兩個巢穴之後，就加強戒備，凡是所到之處，必來回搜索。結果，就在溫室長椅下、堆在溫水排水管旁邊的麥苗箱後面，又發現了一個巢穴。

我們殺了幼鼠，為了讓在溫室裡工作的男人注意到，而把牠們的屍體排列在現場。不讓那些男人知道我們的貢獻，可是不行的唷！

「啊，原來是這樣！偷偷啃我番茄的，原來是這傢伙！」溫室作業員驚呼道。真是蠢蛋哪！

兩個星期之後，我從農家的貓那裡聽來二地主殺了一隻大老鼠的事。據說，二地主在一窩雉雞蛋旁邊設下了圈套，而捉到老鼠。我和亞瑟・凱特到那裡實地勘查，並小心留意四周，不讓二地主發現。二地主把捉到的老鼠放到那片鐵絲網刑場上，和其他動物的屍體吊成一排曬乾。

那隻大老鼠一直到死了以後，還是那麼髒，鑿子一般的尖牙露在外面，一副猥瑣狡詐的模樣。

「好髒的東西呀！」我吃驚地說。

「呀！這不是公的嗎？」亞瑟・凱特譏諷地說。然而，語氣中卻略帶著擔心的意味。

「看一下牠臉上的傷痕，這是和雌性動物交手形成的傷啊！」她彷彿遭到愚弄似的，大聲斷言道。

「這傢伙一定是從船上跑來的……。是外國船唷！」

接著，她又回過頭來對我補充道：

「從我們手裡逃走的那一隻是母的，比這隻更大。這只是那傢伙的丈夫而已，現在，其他的公老鼠，大概已經在搶著擔任後繼者，打起架來了吧！」

那個女的以憎恨天下所有男性的眼神，忿忿地說著。

「總之，我們以後一發現那傢伙，就非下手殺掉牠不可！」

舖著大麥的發芽室地板對老鼠們來說，是一座美食倉庫。
到此地巡邏看守是酒窖貓咪的重點工作。

「喵嗚！儘管交給我吧！不過是一隻母老鼠。」我回答她，伸了伸懶腰、在鐵絲網下方、尖尖的鐵線末端上，磨了一下左前腳，然後用右前腳踹那隻老鼠的屍體，屍體便搖搖欲墜地大力晃動著。

然後，我來回追著蜻蜓跑，在草地上打滾，試圖讓那個女的看看我的威風。不過，那個女的一如往常，根本不把我當一回事，只是拱起背脊直勾勾地盯著屍體瞧。

「過來草地上追我嘛！」我邀她一起來玩，那個女的裝作沒聽到地別過頭，往酒窖的方向走回去。我莫可奈何，只得跟在她後面走。

但是，我捉老鼠的技巧更加精湛了。緊緊盯稍之後追逐，追到以後處死……，喔不！那實在已經算得上是充分的勞動了！

是那年發生的事。有一個大麥倉換了地板。人們發現有裂痕的舊地板竟然開始剝落，於是，我們就得以進入一直以來很想進去，但不能進去的地方，盡情地捉許多老鼠……，槓！啪！撲通！嘎─嘎─嘎！喵嗚─喵嗚─，哈、哈、哈！

不過當時，威士忌的銷售狀況好像不怎麼好，夜間執勤也暫停了。於是，差不多在我五歲的時候，格蘭葛倫酒窖實際上進入了經理所謂的「長期沉默期間」，坦白說，就是關門了。浸泡槽、發酵槽、發芽室、輾碎室、蒸餾室……，不管是哪裡都被關起來掃得乾乾淨淨，連一粒大麥、一小顆麥芽都沒有殘留。

喵嗚─，這對至今為止在酒窖裡築巢的害蟲、害獸而言，可是一件大事。原本總是大白天就出來覓食，現在所有的食物都消失了，大夥兒於是陷入了餓死的危機。而我們也捉老鼠捉到膩。

之後的某一天，酒窖經理說要召開所謂的「員工會議」，也把我和亞瑟．凱特兩隻貓，叫到他的房間去。經理把自己的紅茶杯當做餵食盆放在地板上，從藍白相

間的水壺中，倒入牛奶給我們喝，然後靠在椅背上，說起話來。

「是這樣的，我請你們這些『有害動物驅逐員』（Best Control Officer）過來，是有些事情想跟你們商量。現在其他的社員正在放長假，留守在這裡的就只剩下我的祕書、倉庫警衛和我三個人而已。我自認為還算是一個公平的人，不管對誰都想盡量做到公平，特別是對你們這些重要的員工。」

那天下午，來了好幾個穿著上等西裝外套，搭著白襯衫、打領帶的客人。經理拿出收藏十七年的「格蘭葛倫陳年單一純麥威士忌」（Old Glen Gran Single Malt Whisky）待客。客人因

為這好酒嗆鼻的味道而醺醉，雙頰通紅，鼻子也變成像我們公司出品的番茄那樣的顏色。經理向祕書使了個眼色。那個叫祕書的人，是個滿臉皺紋的高大婦人，配合經理說的笑話努力地笑，也是她的職責之一。

「唉唷！亨利先生，你就光會開玩笑！」祕書噗嗤噗嗤地笑著說，又倒了一杯茶走過來，遞給經理。

亞瑟．凱特用冷冰冰又帶著威嚴的目光看了看祕書的臉，感到不屑地搔起自己的臉來。

特姆度酒窖（Tamdhu）的「波西」（Pussy）。

「不、不！我絕不是在開玩笑。這兩位同仁這麼勤奮地替我工作，的確值得讓我放牠們幾天假。」

我們兩隻貓坐在經理面前的絨布地毯上。擦得發亮的壁爐內燃燒著的泥炭炭火，烘得我們暖呼呼的。

「今天在這裡再次跟你們宣佈，我決定請你們到我弟弟那邊去。我和我的家人也會一起去，我的弟弟住在艾拉島（Isle of Islay），所以你們是逃不掉的。不要喵喵喵地抗議嘛！努斯，特別是你這個頑皮鬼，不准再調皮搗蛋了喔！這裡的母貓要和我家的狗作好朋友，不可以像跟二地主的狗在一起時那樣子打架唷！」

聽到那番話，我的鬍鬚都翹起來了。因為，這件事亞瑟．凱特一個字也沒對我提起過。

「總之，你們兩個都要給我到那邊去就對了！那邊也正準備著要迎接你們。」

我喵喵地叫著。

「別擔心，假期結束之後，會把你們帶回來的。組織公會是沒用的喔！因為我們公司是很嚴格的。」

經理真的打算把我們帶回來嗎？是不是打算把我們丟去哪裡，叫拿黑色大袋子的人用針筒把我們殺死？我很擔心，又再度喵喵叫著，亞瑟．凱特則站起來，在經理的腳邊磨蹭著身子。經理屈身向前，撫摸那個女的。那女的動作非常柔軟地扭了一下身體，輕輕跳上經理的膝頭，因為，她很相信經理。既然如此，我能不相信經理嗎？

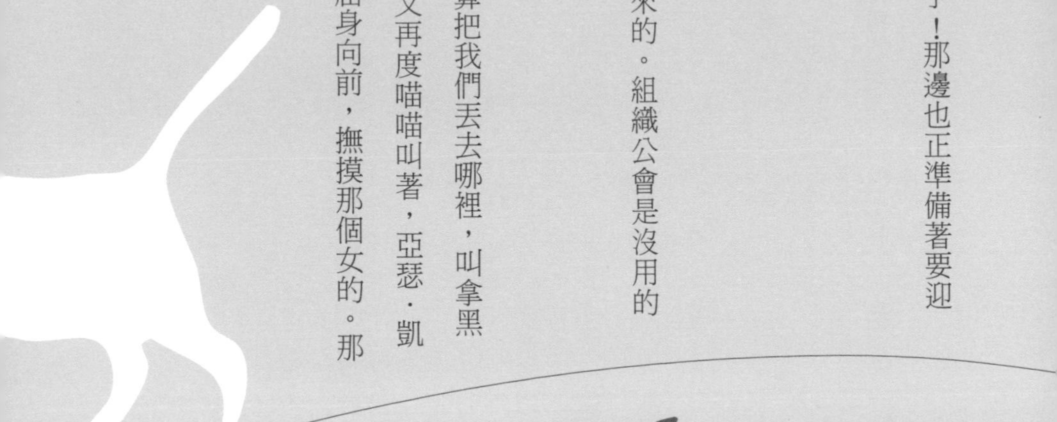

「那樣的話，何不把這兩隻貓寄放在我這裡呢？亨利先生。」祕書提議道，經理卻搖頭拒絕了。

「不，那樣不行！因為滅鼠業者要來，這些貓咪要是吃到被毒死的老鼠就慘了。」

滅鼠業者？那種載著毒氣和毒藥，臭得不得了的大卡車要來嗎？經理竟然想要那樣做！

然而，我們也無可奈何。經理把我們帶出辦公室，裝進籃子裡，帶回自己的家中。

隔天我們兩隻貓搭乘經理的小型客車，和經理的太太、孩子們，以及笨笨的寵物狗一起出門。

奧克尼群島（Orkney Islands）中，波姆那（pomona）島上的高原騎士酒窖（Highland Park），是全世界最北邊的威士忌蒸餾廠。

我們停留了三個禮拜。而且，這次度假確實讓我們兩隻貓完全恢復了活力。我還和旅館養的貓，享受了一下魚水之歡。那傢伙在這方面實在累積了不少經驗，是隻紅茶色毛髮的放浪貓，和她在一起確實很快樂呢！喵嗚—，講到哪裡去了呀……。

啊！對了對了，後來我們回家時一看，酒窖內外到處都充滿了藥品的臭味，真的令人感到很不愉快！起初我因為那些藥味的關係，總懷疑老鼠的腳臭味，是不是被擦掉了呢？連續來回巡視了三天，也只捉到一隻小白鼠。而且，那是在外面的田野中，不小心迷路闖進來的迷途老鼠。

「那幫傢伙通通不見了。」我因為樂趣沒了而感到沮喪，這樣發起牢騷來。

「如果大麥回來，那幫傢伙就會回來了喔！」亞瑟．凱特回答說。

「那隻怪鼠也死了吧？」我這樣問道。

「喵嗚……，來滅鼠的人類並沒有那麼厲害，那傢伙現在正在別的地方撒野呢！」

我們在一點火花也沒有的蒸餾室裡並坐著，想著景氣正好時的事情，懷念著吉姆大叔。因為現在再怎麼樣，吃到的東西也只有貓罐頭而已呀！

「好希望怪鼠回來喔！好希望能弄到一些不錯的誘餌給牠們喔！」我高聲喊道，耍耍公貓的假威風，用自己光澤美麗、肌肉緊繃的黑色身體，蹭著那個女的的身子，暗示著想要找一些別的消遣來玩玩。

「一起出去到附近探查看看吧！」那個女的說，露出像女王那樣睥睨一切的眼神，把我丟在那兒，兀自離開。

酒窖的男工人們，以及跟他們緊緊相連著的大麥回來，是在那之後三個月的事了。吉姆大叔和諸位同仁沉重地來回走動，鼻子發出哧哧的聲音，到處聞來聞去，把蒸餾器當寶貝兒子一樣，慎重地撫摸、擦亮。所以他們現在，等待第一道甘甜的麥芽汁在發酵槽中發酵，而後從閃閃發亮的管子中，再度流出來那一刻，已經等得不耐煩了。

冬季，從海邊吹來的冷風、冰雪和霙（夾著雨的雪），一起回來了，天候非常狂暴。要點燃鍋爐內的火，實在很困難。

雖然數量比起從前是減少了一些，但敵人也回來了。那些傢伙身上帶著海藻和腐魚的腥臭，似乎是從海上回來的。

這之後……，說實在的，因為回憶艱辛得不得了，所以不管提起哪件事，都想著不要說下去好了。但是，如果這麼不想說的話，講起來，還不如一開始就什麼都不

要提起比較好，不是嗎？接下來要說的這件事，對我而言，是相當重要的一個事件。那既是我的驕傲，也是我的恥辱。

滅鼠業者把老鼠捉到一隻也不剩之後，我們貓咪比起從前輕鬆很多。因此，某一天的早茶時間也一如往常，我們兩隻貓去茶水間聽酒窖的男人們談話。當時，有一個男人從外面飛奔進來。

「喂！誰抓那隻貓過來一下！樓上的發芽室裡，竟然有隻跟狗一樣大的老鼠！」

亞瑟·凱特那時候已經窩在某個男人的膝蓋上了，但是我並沒有，所以在場其中一個男人走過來，想要抓我。而我掙脫他的手，一溜煙地往中

庭跑去，就像我之前說過的，我最討厭被抱在手肘上了！

男人們全部站起來，跑到發芽室去，我為了捍衛自己的尊嚴，高高翹起尾巴，跟在大家的後面慢慢走，心裡想，那些人到底把我當成什麼來著？把我抓起來，急著叫我做些什麼的，真是荒謬！喵嗚！

我爬上樓梯的時候，男人們拿著鐵鍬或耙子由下往上敲，造成一場大騷動。

「注意門口！」

「喂，別發呆了！」

「喬治，打死牠！」

格蘭蒙朗吉（Glen Morangie）酒窖的「黑助」（Blacky）。
用過野兔大餐之後，來點野草沙拉。
最後，黑助在日正當中時，享受睡午覺的樂趣。

「那個跑掉了啊！」

略帶黑灰的茶色東西，在大麥堆上像箭一樣飛奔而過。咚！一根木柄的鐵鍬打下去，大麥粉末飛起來，捲起一陣塵煙。逃脫了！因為那隻老鼠體型實在太大了，我一瞬間，產生地盤被其他貓咪入侵了的錯覺，眼睛猛然睜大，緊追在那傢伙的後面。

「喂，讓努斯做掉牠！努斯，快去！」

但是，當那個龐然大物沿著牆壁奔逃時，我立刻就知道那並不是貓。是那隻母的大怪鼠！

我緊緊追在那隻怪鼠後面跑，然而卻有一個男人被鋪得太厚的大麥堆絆倒，擾亂了我。當怪鼠來到很長很長的房間，深入裡面的一角時，亞瑟·凱特早就先繞過去，堵住牠的逃生之路了。

我們兩隻貓跳到半空中用力撞牠。亞瑟·凱特那個舊傷口一痊癒，就完全忘記教訓，奮不顧身的扭轉身子，向對方撲過去，然後利用對手身體的重量，把手爪插入牠的肚子肉中。對手彈跳上去，就用爪子撕裂牠。一個迅速迴身，又騎上對手的背去了。那個是她曾傳授給我的格鬥技之一。飛躍、扭身、抓、手爪猛力地扎牠的背，然後，火速咬住牠頸部的命脈。但是，這次那個女的的身子卻扭得不夠，而且對方是她從未遭遇過、重量驚人的強敵。那個女的一定低估了牠的暴烈和狡猾。因此，那隻怪鼠把她一頭撞飛，打在牆壁上。那個女的一邊喵喵哀叫，一邊咬住對手，用前腳抓牠，跟著又用後腳踹牠，在危急的情勢中奮戰。

廠長正在檢視沉睡在酒桶中的威士忌原酒成長狀況。
此時，「稅務署的人」也站在旁邊。

布萊阿托爾酒窖(Blair Athol)的工作人員們。

我想要過去幫她一把，但就在跑到現場時，那個女人發出悲慘的哀嚎聲，刺破我的耳膜，我渾身震顫。眼看那隻怪鼠一個翻身跳下，勇猛無敵地鑽進一個男人的兩腿之間，下樓梯去了。

我的戀人，我重要的人，我的老師，我的親人被殺了！而且是被那隻惡貫滿盈的大怪物殺的。我變得像一顆火球似的，跟對手一樣，從男人的兩腿之間鑽過去，連翻帶滾地下樓梯。怪鼠「唰！」地爬到橫樑上，我緊追在後頭，但對手的腳程相當快、身子相當輕，我躊躇著要不要跳上橫樑，後來決定穿越屋簷的支柱到外面去。我從後面爬回橫樑，決定不擇手段，非殺掉那傢伙不可！然後我滑到地面上。而吉姆大叔正上氣不接下氣的跑過來，再怎麼說，他往昔也是從陸軍退役的士兵，大概太久沒跑步了才會這樣。真是不自量力的老人家！

我跑到外面去，可以看見那隻怪鼠從屋簷下的水管一閃而過的身影。那麼龐大的傢伙跑得如此迅速，實在令人不敢置信！

總而言之，我讓對手逃脫了！

如今想起來，那隻怪鼠擴張自己的勢力、努力繁衍子子孫孫的原因，也是知道有一天不得不跟我們決鬥，而且一定充滿了邪惡的信心，所以才敢在大白天光明正大地跑出來。

亞瑟・凱特東倒西歪地從決鬥現場爬回來，靠著不服輸的意志力支撐，傷口汩汩流出的血沾得渾身都是。那個女的抵達了烘烤室。我奔去找她，一到那裡，卻看見吉姆大叔趴在地上。吉姆大叔匍匐著進入鍋爐背面，一邊說話哄著那個女的，一邊伸出強而有力的手臂，想盡辦法努力把她拉出來，而其他的男人們則圍在周圍，築成一道人牆。

我感覺到身心快要崩潰，跟在吉姆大叔旁邊蜷低身子，嗅著血腥味，體會著亞瑟・凱特傷口的痛楚。

霍伊島：在打獵中不幸被捕捉曬成乾的兔子。

「喔，努斯！她傷得非常嚴重呢！」吉姆大叔眼角泛出淚光，這樣說道。

「她好像在那裡出不來，你過去她旁邊吧！好孩子，快過去吧！」

「吉姆，拿掃把去撈，也許可以把她弄出來唷！」

吉姆大叔依然趴在地上，瞪了那個守鍋爐的男人一眼，搖了搖頭，而那個男人則用自己只是真心擔憂的目光回視。

「不行，她已經傷及內臟了，現在嚴重出血，不要隨便動是最好的。」

我立刻進去，亞瑟・凱特在水管的正下方，即使是身為貓的我，要走到她身旁也是一件相當棘手的事。我舔著她的臉，試圖讓她恢復生氣。怪鼠用牙齒撕裂了她的胸口和大腿，除了令她受了非常嚴重的傷之外，還用髒腳踹她，使那道傷口因而擴大。我死命的舔著那道傷口，想把它清乾淨，但是，亞瑟．凱特卻奄奄一息地踢著我，不讓我這麼做。

「喵—喵—」她像小貓一樣地叫著。

就在我舔著她的臉時，那個女的闔上了眼，漸漸地，終於停止了呼吸。

男人們有兩天的時間，都不讓那個女的，也不讓我出去外面。我哭了又哭。但到後來貨真價實的屍臭開始飄散，我才真正覺悟到，那個女的再也不會回來了。

吉姆大叔哄著叫我出來，牢牢地將我抱在兩隻手臂之間，然後走過來用掃帚把亞瑟．凱特的屍體拖出來。

亞瑟．凱特被裝進裝鞋的瓦愣紙箱中，埋在破曉時分的東方蒼穹下，可以看得很清楚的牆邊水仙花叢泥土中。不知道是誰在墳墓上立了一個小十字架，不過，那東西在起霧的時候倒塌，沾滿了泥土，被酒窖菜園的男工人擲去牆的另外一頭丟掉了。

格蘭葛倫酒窖的男人們，即使一生都以製造威士忌這類無聊的工作為業，不過一遇到緊急狀況，依然能領悟到其真正的意義。因此，我為這些男人們感到驕傲。男人們埋葬了亞瑟·凱特之後，一起暫停了工作，拿著棍棒、鐵鍬或鏟子，準備消滅大老鼠。沒說出口的怒火在胸中熊熊燃燒，他們從酒窖的一角蒐到另一角，從溫室裡開始，到各處的隙縫中投下煙霧彈獵殺敵人，替如同家人朋友一般的貓咪們討伐死對頭。

我和男人們一塊兒去搜索，卻因

為太過悲傷，變得非常遲鈍，不管是頭部或手腳都不太靈活，我為自己的沒用感到生氣。一開始跟那隻大怪鼠對決的時候，如果我沒有變成一個卑怯軟弱的膽小鬼的話……如果不是那個女的，而是我拿這條命與之對決的話……，那個女的也不會死吧？

命運果然還是懲罰了我。成功殺敵報了仇的並不是我，歷經六個小時大肆搜索的結果，發現那隻大怪鼠、打死他的，都是人類。男人們燒毀牠的屍體後丟棄。

至於我，因為剩下孤零零的一個而感到悲傷與內疚，還好因為吉姆大叔親切的對待，我的情緒才漸漸平穩下來。

亞瑟·凱特已到另一個世界去了！喵嗚、喵嗚、喵嗚！

Chapter 8 End

第九章
惜別的晚宴

喵嗚！確實我也是如此，到了現在這個歲數，耳朵周圍的毛也禿了、對吵架也感到沒力了，或許還變成了一個愛挑剔、難伺候的糟老頭而不自知。但是，儘管上了年紀，對那方面的事還是會多少殘留著一些興致，不是嗎？不過基爾特的規定太囉嗦了一點，而我自己對那種事也有些顧忌……。喵嗚─，嘿、嘿！

總而言之，從基爾特到我家的途中，會經過一隻母貓那裡。

不用說，即使只剩下我一個，看守酒窖的工作並不會受影響。但是，基爾特還是送了一隻見習生過來。那是隻我從未見過的美女小花貓。這孩子雖然才快滿一歲，不過捉小白鼠和小鳥的技巧非常卓越。雖然此時此刻她還不到能和敵人正面衝突、一決高下的時候，但無論如何，過一陣子，她大展長才的時機就會來臨。到目前為止，我已經把有生以來所知所學，一點也不藏私，全部充分教授給學生了。

我今年幾歲？我和格蘭特雷酒窖（Glenturret）那個偉大的老婆婆、那個在還沒乾的混凝土表面上，到處留下腳印當標記的傢伙……，對、對，塔薩（Towerza）！那個叫塔薩的……老婆婆，差不多同年紀。

人們替這次來的花貓取名叫「波西」（Pussy，同時擁有「女性」及「母貓」兩個涵義），一看見她就又摸又搓、大吵大鬧，一直講些不正經的玩笑話來調戲我、逗弄我。欸咿！又離題了。

吉姆大叔也已經不在這兒了。不過，偶爾還是會特地過來，出聲喊我，給我好吃的點心或一些名產，我總是很有風度地分給那個新來的孩子。我的食量也不像從前那麼大了。

話說回來，吉姆大叔的惜別會，還真是熱鬧呢！歌聲加上小提琴和吉他，以及一支手風琴伴奏，還有三個男人吹著風笛（在我看來，最能表現出完美音色的樂器，無非就是這個了），所有的男人都穿著蘇格蘭短裙。大夥兒一個晚上，就喝光了一整個橡木桶的威士忌。除此之外，還盡情暢飲啤酒。大家搖頭晃腦地回到家時，已經是半夜了！雖然說是「大家」，但還剩一個人留著……。

宴會結束後，吉姆大叔走進蒸餾室打開電燈，站得直挺挺的，來回仔細凝視著週遭。在那兒的，只有我和吉姆大叔兩個，因為那天晚上，我第一次讓新來的孩子出去巡視。

吉姆大叔穿著紅、綠、黑三色格紋相間的蘇格

蘭短裙，一語不發地站在那裡。而我靜靜的挨在他的腳跟旁邊，在他白色的毛皮長靴上磨蹭著身子。吉姆大叔彎下腰來，搓搓我的下巴。

「努斯，我要退休了！工作了三十年，只賺到了一只新的金錶，以及進了執行長口袋裡的一點點錢而已哪！這二十五年當中，我都躲在這泥炭酒窖裡。知道這個酒倉中事情的，只有你和我。果真要好好跟你喝一杯，怎麼樣，努斯？呵，對了！你一直很討厭威士忌的呀，嗯？對吧？」

吉姆大叔兀自竊笑著，站起身來，凝視著排成一排、閃閃發光，像天鵝頸子一樣形狀的蒸餾器。然後稍微喘著氣爬上樓梯，往長期以來，自己一手照顧的玻璃及黃銅製的容器內部看。

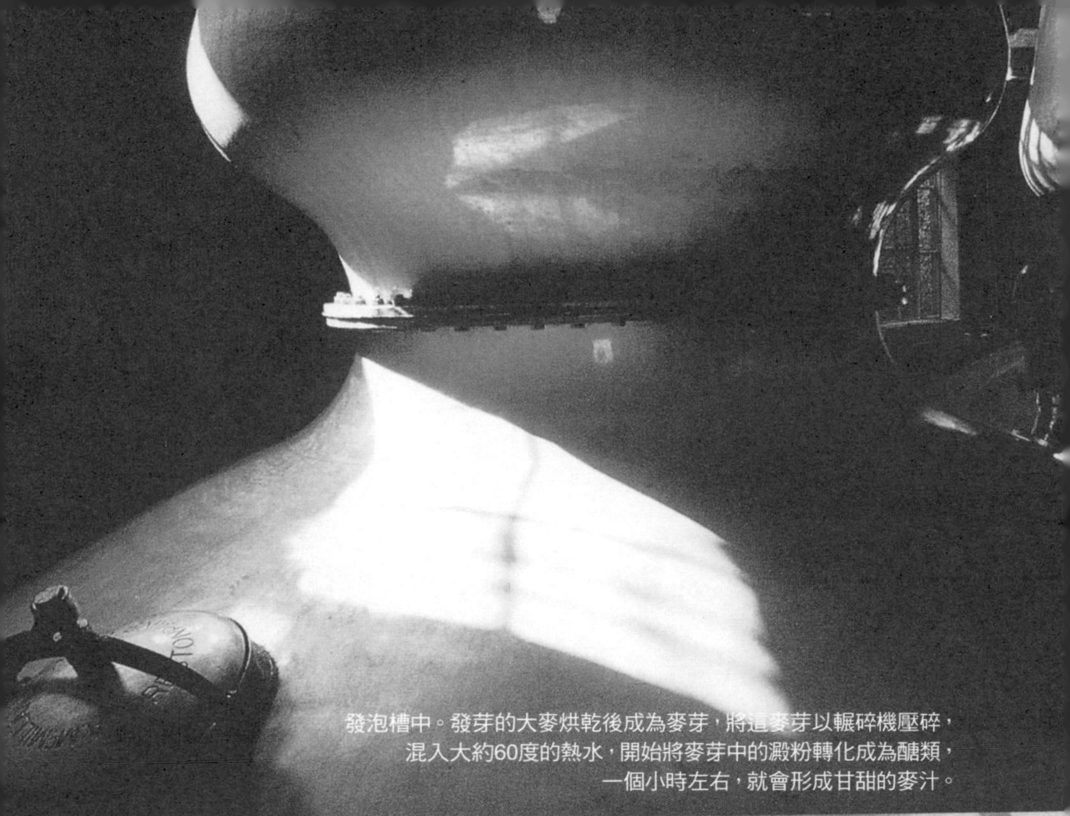

發泡槽中。發芽的大麥烘乾後成為麥芽，將這麥芽以輾碎機壓碎，
混入大約60度的熱水，開始將麥芽中的澱粉轉化成為醣類，
一個小時左右，就會形成甘甜的麥汁。

Fettercairn：一直拿著一大串鑰匙的就是「稅務署的人」。
只有這種人有權利打開威士忌酒倉的門。

這個人也是「稅務署的人」，意即是公務人員。

格蘭葛尼酒窖（Glengoyne）的烘烤室。

「又看見小白鼠了嗎？」我發出只有貓咪才聽得懂的竊笑，一邊在心中暗忖著。

「哪，努斯，我要是不在，就很難製造出像樣的威士忌了啊！那些傢伙一心只想趕快造出酒來，不讓酒汁一點一滴、慢慢地流出來，把滴嘴開得那麼大，讓酒像瀑布那樣嘩啦嘩啦的傾瀉，那樣是不行的！上等的威士忌酒，是不得不一滴一滴製造、一滴一滴品嚐的東西呀！」

吉姆大叔喘口氣，繼續講下去。

「就是那樣啊！努斯。但是呀，那邊上鎖的酒倉中，囤積著我所製造的好幾千桶威士忌，那份量可足以分裝成好幾百萬瓶全世界最頂級的

純麥威士忌酒呢！只要有那些，許許多多幸福的人們，就可以開許許多多次的宴會了。」

吉姆大叔的笑聲迴響在空盪盪的蒸餾室四壁之間。

「哪，努斯，我眼中一直未曾改變的，就是你和你的夥伴們。你們要給我好好相處喔！不說客套話，我呀，可是很羨慕在外面放蕩、打獵、玩耍的你喔！我在這裡，都只能做些檢查管線、液體比重計或酒的顏色的差事過日子而已啊……。」

吉姆大叔指著蒸餾器玻璃管下方的金屬上，刻著的文字。然後，用手指在「酒精度檢測器」幾個字上描著、寫著，邊向我搭話。

「嗯，但光是那些還不是全部唷！哪，你說對吧？」

吉姆大叔坐到一旁那些舊舊的折疊椅上，又開始喘氣。

「努斯！你呀，會懷念那隻力戰大怪鼠而死的漂亮母貓嗎？她的的確確擁有蘇格蘭人的靈魂。記得嗎？努斯，我們消滅了那隻怪鼠呢！嗯？看看那件事就知道，我們這種正直的人類，和你們那些正直的貓咪，要是好好相處、合作，就能做出很棒的事情來。神所創造的世界萬物，都該如此才對。大家若不和平共處，世界就會混亂不堪，一定是亂七八糟。對了，想一想，雖然是勞碌的一生，但也是很棒的一生呢！怎麼樣，你要不要來我們家呀？我捉老鼠雖然不是很厲害，但若講到釣魚的方法，只要對方是你，我就把全部的招數都傳授出去唷！怎麼樣？努斯，你已經在這邊悠閒地隱居起來了嗎？不如和我一起隱居，你說怎麼樣？來我家嘛！來嘛！」

吉姆大叔慢慢、慢慢地往我這邊靠近，所以我換個姿勢坐好，一直盯著吉姆大叔的臉看。你們人類只要把腦袋中生鏽的窗扉打開，我們貓族就能用眼神，將許多的事情傳達給你們。總而言之，我從來沒有像現在這樣盯著吉姆大叔。吉姆大叔踉踉蹌蹌，一手抓在蒸餾器的頸子上。那裡還殘留著舒服的餘溫。吉姆大叔用手摩擦一下，又喘了一口氣，面向閃閃發亮的容器身體，瞇起眼睛來。映在擦得亮晶晶的黃銅真空管上的大叔的臉，也是瞇著眼的。

「喂，從今以後也要好好工作喔！」吉姆大叔不只是對我，也是對著蒸餾器嘟噥著。

「吉米，已經很晚了，跟我一起回家吧！泡好喝的茶給你唷！」

多麼不可思議的夜晚！截至目前為止，吉姆大叔的太太出現在酒窖的次數，總共只有三次而已。

「喂咿，瓊安，是妳嗎？」吉姆大叔大手一伸，把太太攬過來，讓太太的臉頰貼在他的胸膛上。

Fettercairn：後面可以看得見麥芽烘烤室的大煙囪。

「我剛剛才講給這個上了年紀的老麻煩精聽，要牠到我們大叔、大嬸這邊來呢！」

「吉米，努斯待在這兒好得很呢！」太太這樣回答，但說完又轉向我，說道：「但是呀，要是不喜歡暖爐旁邊，就不要顧慮，儘管來我們家喔！」

接著，兩人就回自己的家去了。

在那之後，我有好幾次因他們夫婦倆的這個邀請，而興起搬家的念頭。特別是在寒冷的冬夜。但是我們基爾特的貓咪絕對不能棄自己的職責不顧。而且現在來了一個可愛、漂亮的孩子……喵嗚！不過，那個孩子也和所謂的女性一樣，擁有她自己的祕密。她究竟是在哪裡出生的呢？我怎麼樣也打聽不出來。但也不是說不可能打聽出來，是我並不想硬要查清楚。

話雖如此，但昔日回憶經常會跑出來惡作劇，那孩子的眼神、尾巴的末梢微微捲起的樣子、毛色、側腹的斑點等等，總覺得似曾相識……，喵嗚！

伸個懶腰……，喵嗚—，有工作在身的貓咪，連多愁善感的時間也沒有。走吧，又到了巡視的時間了。

夏天又快要來了。雲雀高高躍上枝頭、蝴蝶飛舞。喵嗚！每到這個季節，我的動作就變得遲鈍起來。但是即使如此，只要多少練習一下，還是可以在牧場裡，捉隻好吃的、幼嫩的兔子。

命名為「波西」的這個新來的孩子，或許會想和我一起玩呢！喵嗚—，嗚呼呼呼！即使是上了年紀，男人的興致還是不會消失的喔！

後記

威士忌酒窖中最知名的貓咪——格蘭特雷酒窖（Glenturret）的塔薩（Towerza），也是戰死以後，才變得非常出名的。即使已經死去，酒窖裡還是保存著她的紀念雕像；酒窖內外到處可見的混凝土牆面及地面上，仍然殘留著她的足跡。事實上，在本書中登場的各式各樣的酒窖貓，理所當然會因為上了年紀而退休，但是，新生代的貓咪們，也會以獵殺溝鼠和小白鼠作為開始，為了驅逐危害酒窖的鳥獸而努力著，將這份崇高、勇敢的工作延續下去。

我毅然前往蘇格蘭大舉旅行，試飲棒透了的純麥威士忌（malt whiskey），陶醉在一切所見所聞和

迷人的香氣中，盡情品嚐美酒，已經是二十年前的事了。因為有了那段璀璨的旅程，許多美好的事物隨之誕生。其一是這本書。考慮到新一代威士忌愛好者或有需要，因而決定改版。當然，還有一個原因，是因為我與「日華威士忌」（Nika Whiskey），以及一直以來催生、釀造著它們的男人們，特別是在北海道余市的蒸餾廠裡工作的人們，開始有所來往。實際上，在白雪皚皚的黑姬山寫作的我，早就於二〇〇一年平安夜翌日的聖誕假期，直接往赴余市的蒸餾廠，和大夥兒一起品嚐過最上等的純麥威士忌了。請容我自誇一下，日華獨立生產的「單一純麥威士忌」（Single Malt Whisky）能上市發售，跟我的大力推薦不無關係。因為我深信，這酒的醇度一定不會輸給蘇格蘭當地製造的任一種單一純麥威士忌。看見日華的成功，三多利（Suntory）當然立刻就跟進了。我本身收藏

了兩個「日華單一純麥威士忌」的大酒桶。其中一桶威士忌酒，在橡木桶裡歷經了十四年半的熟成，終於在我六十歲生日的那天，也就是二〇〇〇年七月十七日，開封裝瓶。那一天，我們在蒸餾廠裡舉辦了盛大的舞會，我的朋友安德林・鄧肯（Adrien Duncan）和弗烈德・柯霍（Fred Koch），與我一起演唱從加拿大流傳過來的威士忌飲酒歌。另外一只大酒桶，差不多再過個十年，才能開封吧！

還有，余市成立了實在相當漂亮又可愛的威士忌博物館，而我則成了那裡的榮譽館長。

我的第一次徒步旅行，尋訪威士忌酒鄉，是在一九八二年的事。而且一路持續寫下來，發現好幾種原先在日本還不太為人所知的威士忌酒名品，如今已變得相當出名。例如，艾拉島（Isle of Islay）

的拉弗洛伊克（Laphroaig）、波摩爾（Bowmore），泥炭烘烤味更薄一點的格蘭蒙朗吉（Glen Morngie），像麥卡倫（Macallan）單一純麥那樣的威士忌等，其他還有許多種頂級醇品，至今皆已廣為人知。

大約十年前，我在東芝EMI發行了一張收錄威士忌飲酒歌的CD。這張專輯主題就叫做「威士忌」，是在加拿大錄製的。

這十多年之中，我曾數度提案，想將威士忌貓咪的故事拍成電影，劇本也有人完成了。不過那些劇本在我看來，大部分是失敗的，因為無論是製片還是編劇，都在努力地脫離這本原著。我原先是打算以這本幾乎完全忠實描繪在酒窖現場，實際活動著的各式各樣貓咪，及

其真實事蹟的小說作為基礎，來進行改編。這種做法會比以人類為出發點的構思更加深刻。然而，不知道是不是因為日本男人的蘿莉塔情結（Lolita Complex，戀女童癖）過於嚴重，所以總是非常想看見少女在電影中登場，而某些劇本也因此老是拿日本女童當主角。這實在是相當讓人搞不懂啊！

這個故事就這樣擱著也好，因為它只是一則單純、明快的逸聞，描寫秉持著與生俱來的勇氣及責任感的貓咪們，和一同工作的酒窖男人們之間，乾脆俐落卻深刻不已的關係。小孩子是不能隨便出入威士忌酒窖的，基本上，威士忌酒窖是男性的職場，在那裡，大多數的男人與貓咪接近的方式，和婦女們及小孩子全然不同。生活在酒窖裡的貓咪和男人們一樣都是工作人員。因此，男人們是以同事的態度對待酒窖貓咪的，而非把牠們當作「可愛的喵咪」，事實上理應如此。

貓咪與人類共同生活長達好幾千年的歲月。貓咪被做成木乃伊，和古埃及的法老王與貴族們同葬。貓咪亦遠渡大洋，在海上航行。但凡人類聚集的地方，溝鼠和小白鼠也跟著聚集，於是，人們抱持著敬意與正直的貓咪相處。日子久了，到了住家、倉庫、劇院、工廠、船隻，或者任何場所，貓咪們唯一知道的，大概就是「守護」吧！這種關係已經維持了數千年，貓咪的本性，也絲毫未曾改變過。

這個故事也不會改變，容我大膽地推測：只要人們繼續使用大麥和橡木桶製造正統的純麥威士忌，即使把這個故事的時空放置到未來，其內容與精神也不會有一丁點改變。

開始寫這本書的時候，我才四十歲出頭而已，

現在已經進入六十大關了。隨著年齡增長，竟漸漸發覺威士忌變得相當好喝。所以，且在此舉杯，敬所有勇敢的威士忌貓咪，以及各位讀者。

Cheers！乾杯！

C. W. 尼克

二〇〇一年十二月十八日

寫於深雪覆蓋的黑姬山麓

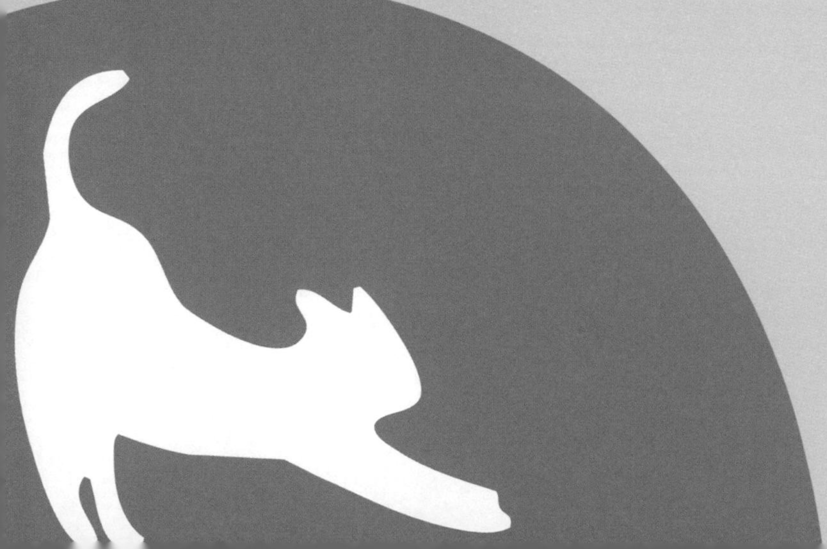

後記

／195

所謂的「蘇格蘭威士忌」

「蘇格蘭威士忌」（Scotch Whisky）當中，雖然包含了「麥芽威士忌」（Malt Whiskey）及「穀物威士忌」（Grain Whiskey）兩種，不過一般而言，被叫做「蘇格蘭威士忌」（Scotch Whisky）的威士忌酒，有百分之九十八都是混合了麥芽威士忌與穀物威士忌的「調和式威士忌」（Blended Whisky）。

「麥芽威士忌」是以"malt"——大麥麥芽作為原料，經發酵後採用傳統「壺式蒸餾器」（Pot still）蒸餾的威士忌酒。其風味強烈，而依出產的蒸餾廠不同，口味及特性亦有所不同。另一方面，「穀物威士忌」則是使用玉蜀黍作為主原料，利用「連續式蒸餾器」（Patent distill）大規模生產、沒有個性的威士忌。此類產品主要是為了當作「調和式威士忌」的混和原料而被製造出來的。

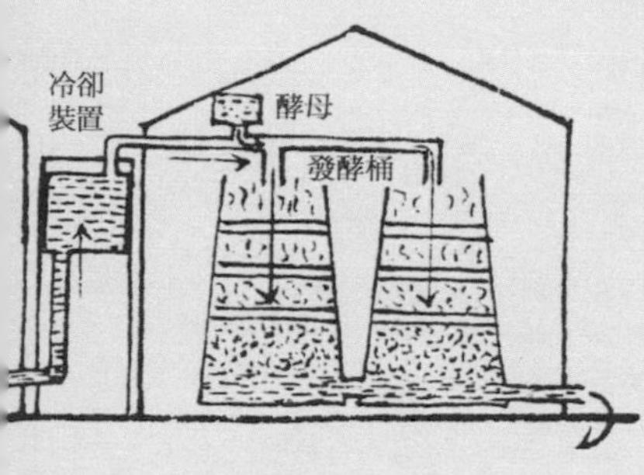

麥芽威士忌的製造過程

1．製造麥芽（malting）

首先，將新鮮大麥倒入浸麥槽中浸泡二至三天。接著平鋪在發芽地板（malting floor）上，使之發芽。在此過程中，大麥會分泌出「澱粉」（酵素），準備將大麥中的澱粉轉化為可供發酵的醣類。

發好芽的大麥——「青麥芽」（green malt）被送到「烘烤室」（malt kiln）烘乾，讓大麥停止發芽。這時候，「麥芽」就製造完成了。用來烘烤麥芽的泥炭（泥煤），創造出蘇格蘭威士忌獨有的泥炭煙燻香（泥煤味）。

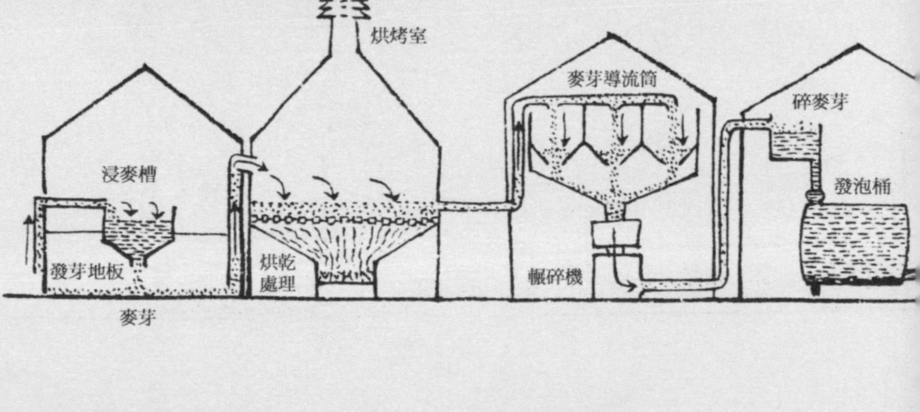

2・釀造

將烘乾的麥芽送入輾碎機粉碎，篩除小梗等多餘物質後，製成釀造用的碎麥芽（grist），再將之放進大型銅製發泡桶（mashtun）中，注入熱水。經過大約一小時左右，麥芽中的澱粉會被轉化為含醣的液體，形成「麥汁」（wort）。

麥汁經過冷卻，移到發酵桶（wash backs）中，加入酵母（yeast）後，發酵就開始了。藉由酵母所包含的酵素，麥汁中的醣類會分解成低酒精度的液體與二氧化碳，二至三天後，生成蒸餾母液（wash），酒精度約百分之六至七。

3・蒸餾

將蒸餾母液送進銅製的壺式蒸餾器（Pot still）中蒸餾兩次。

第一次在初餾鍋（wash still）中蒸餾，可以製造出酒精成分約比蒸餾母液多三倍的初餾液（low wines）。不過，初餾液

仍然含有雜質。藉著這初次的加熱蒸餾，使母液成分產生變化，決定威士忌的風味。

第二次的蒸餾在再餾鍋（spirit still）中進行。蒸餾出來的液體稱為「再餾液」。蒸餾工人會用檢定器檢測再餾液的酒精濃度，分出初餾、中餾、後餾三大酒精度不同的液體。其中，中餾液即為威士忌原酒。初餾液和後餾液則必須再度混入第一次蒸餾出的"low wines"中，再蒸餾一次。無色透明的威士忌原酒，酒精度約為百分之六十。

4．陳年

將威士忌原酒集中在大酒桶或水槽裡以後，分裝到橡木桶中陳封，並放進舖地式倉庫中貯藏。隨著原酒日漸熟成，威士忌會變得更為豐潤順口，置放一至二年後，酒色更會因為木頭中滲出的物質，開始轉成黃褐色。道地的「蘇格蘭威士忌」，至少必須陳年三年。

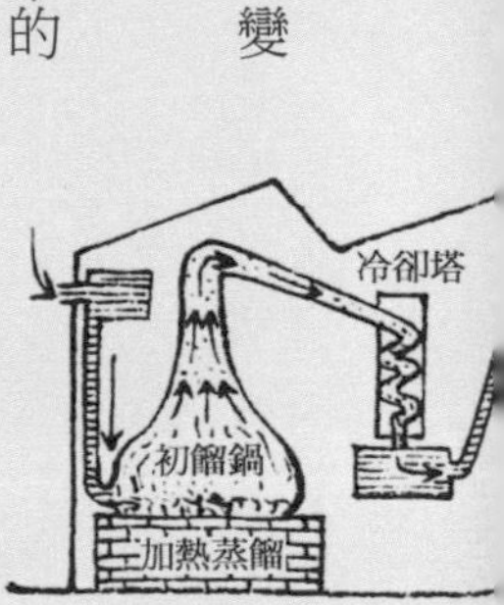

贊助：日華威士忌股份有限公司／圖「蘇格蘭高地的威士忌」（The Whiskies of Scotland），由 McDowell 提供

攝影後記

從一九八二年四月底開始，大約有一個月的時間，我巡訪了蘇格蘭的三十幾間威士忌酒廠。

那算是收穫吧！每次拍攝一結束，就會有人招待我喝麥芽威士忌。一將美酒含進口中，臉上便不由自主綻放出自然的微笑。我從來都不知道，珍藏了八到十五年的麥芽威士忌，會如此可口。

在古代蓋爾語中，所謂的「威士格．巴哈」（Uisge beatha），意即「WATER OF LIFE」，也就是「生命之水」的意思。以前曾經從C. W. 尼克先生那裡聽說過，但直到這時，我才第一次真正了解這個字的涵義。

採訪期間，我們幾乎每天都能品嚐浸漬在「生命之水」中的幸福。

讓我們為創造出這種威士忌的蘇格蘭高地寧靜自然的風光，幾個世紀以來從不曾淤塞的河流及其河水，以及鼻頭被威士忌酒酌得紅通通、可愛的酒廠工作人員們，還有提煉出更深一層味道、至今仍繼承著山貓野性之血的「Whiskey Cats」——威士忌貓咪們，乾杯！

森山　徹

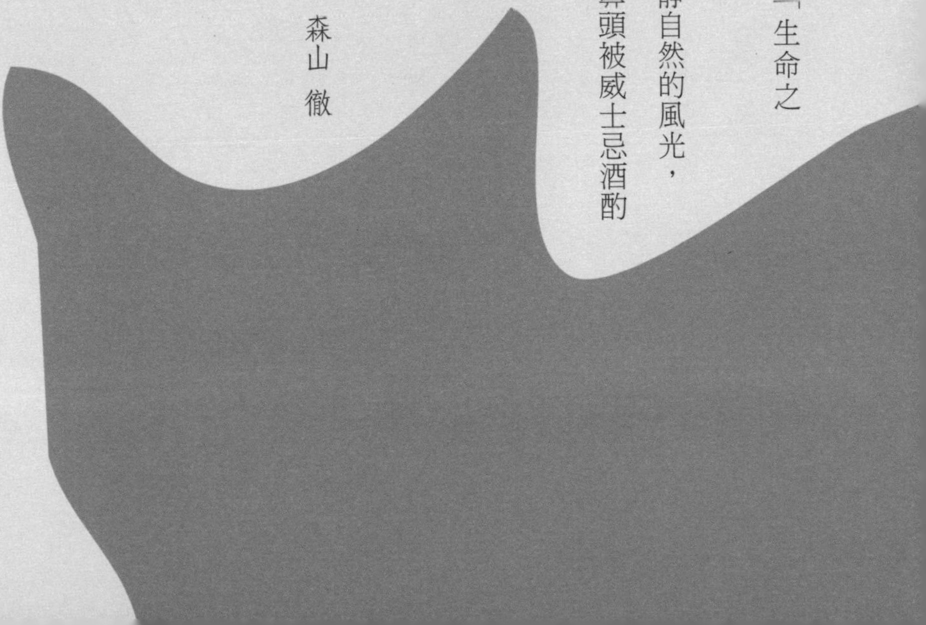

國家圖書館出版品預行編目（CIP）資料

酒窖裡的貓勇士 / C. W. 尼克（C. W. Nicol）作；呂婉君譯. -- 初版. -- 臺北市：信實文化行銷, 2014.08
面； 公分. --（What's ecology-life）
譯自：The whisky cat
ISBN 978-986-5767-32-7（平裝）

873.57 103014363

What's Ecology - Life

酒窖裡的貓勇士

作者 C. W. 尼克（C. W. Nicol）
攝影 森山徹（Toru Moriyama）
譯者 呂婉君
總編輯 許汝紘
副總編輯 楊文玄
編輯 黃暐婷
美術編輯 楊詠棠
行銷企劃 陳威佑
發行 許麗雪
出版 信實文化行銷有限公司
地址 台北市大安區忠孝東路四段 341 號 11 樓之三
電話 （02）2740-3939
傳真 （02）2777-1413
網址 www.whats.com.tw
E-Mail service@whats.com.tw
Facebook https://www.facebook.com/whats.com.tw
劃撥帳號 50040687 信實文化行銷有限公司

印刷 上海印刷廠股份有限公司
地址 新北市土城區大暖路 71 號
電話 （02）2269-7921

總經銷 聯合發行股份有限公司
地址 新北市新店區寶橋路 235 巷 6 弄 6 號 2 樓
電話 （02）2917-8022

2014 年 8 月 初版
定價 新台幣 360 元

酒窖裡的貓勇士 / The Cellar's Warrior Cat